Sueños en una pesadilla

Sueños en una pesadilla

Ramon Gaspar Escoda

Primera edición: Septiembre del 2014
Segunda edición: Mayo del 2015

© Texto: Ramon Gaspar Escoda

© Dibujo portada: Juan Morales Caballero

ISBN-13: 978- 8461712267
ISBN-10: 8461712269

Índice

Prólogo

Este libro está basado en mis sueños influenciados por este mundo de pesadilla, algunos, no todos, están sazonados con críticas a la sociedad, la clase política y los poderes fácticos.

En la soledad que me otorga el silencio disfruto de la intimidad para poder soñar en lo que sé que nunca he vivido o viviré.

Por esto, para mí, vivir sin soñar, es como morir sin haber nacido.

La inspiración es un tren que pasa y no se detiene.

Las ruedas de la desconfianza

A escasos cincuenta metros de la playa, en el jardín de la casa, está Pol sentado contemplando la salida del sol, en la soledad escucha el sonido de las olas desembarcando en la arena, y no muy lejos de allí, las gaviotas anunciando la llegada de los barcos pesqueros a puerto, mientras tanto los primeros rayos de luz del amanecer, están dibujando en el agua un camino de dorados brillos, un espectáculo de luz y sonido que no se pierde ninguna mañana, hasta que llega el momento que el sol se hace insoportable para los ojos, en ese momento se da la vuelta para dirigirse al interior de la casa, es la hora ideal para un tranquilo desayuno. Una vez renovadas las energías y sin poder faltar su café amargo matutino, humeante, de penetrante aroma y con una espesa capa de espuma cremosa, al cual considera un sacrilegio añadirle azúcar, y al que venera tomándolo a sorbos cortos, pues es su elixir vigorizante para afrontar el día en condiciones óptimas.

Una vez terminado el ritual se sube en el monovolumen para marcharse hacia el pueblo, está situado a un kilómetro de la casa en línea recta, pero se tarda unos diez minutos en recorrer el trayecto, tanto si se coge la carretera que rodea los viñedos, como por el camino que los cruza.

Siempre va por este último, ya que le gusta ir despacio para disfrutar del paisaje, así le da tiempo para abstraerse en sus pensamientos.

Ya en el pueblo aprovecha para revisar la embarcación que tiene amarrada en el puerto deportivo, justo al lado del de los pescadores, lo que le brinda una buena oportunidad cada mañana para comprar pescado o marisco fresco. Antes de marchar para casa pasará por el colmado, allí se abastece de pan, café y otros productos necesarios para el hogar.

De regreso por el camino empieza a pensar, qué hace aún en ese lugar si ya nada le retiene allí, ¿Por qué había regresado?, ¿Por qué?

Una vez guardada la compra se acerca al ventanal que da al jardín, contempla el mar que está en calma y comienza una retrospectiva de su vida, con el fin de poderse responder las preguntas antes formuladas, por el camino de regreso a casa.

Todo empezó hace dos años atrás en el bufete de abogados, el cual preside en compañía de su mano derecha y mejor amigo, Jan, se conocían desde que empezaron la carrera, al terminarla junto a otros tres compañeros fundaron la empresa. Los dos estaban de tertulia cuando Jan le explica que una de las secretarias mostraba claros síntomas de estar enamorada.

— ¿Tanto ha bajado su rendimiento para que me lo comentes?

— No es por eso, es de quién se ha enamorado.

— ¿De quién?

— De ti.

— ¿Enamorada? ¿Dirás que está interesada en mi fortuna?

— ¿Y por qué tendría que ser así?

— Es evidente, por mi minusvalía, porque estoy unido a esta silla de ruedas de por vida.

— ¿Y qué impedimento le ves tú a eso, no se puede haber enamorado del hombre luchador, del que consiguió fundar la empresa y ser su presidente?, sin contar con el gran abogado que eres.

— Lo ves, tú mismo lo dices, enamorada de mi fortuna.

— Tu minusvalía no son las piernas, si no tu desconfianza, tus miedos, no crees en ti para afrontar el reto más importante, el amor.

— Bueno dejemos este tema y vayamos a lo que importa, tenemos que preparar el juicio que sólo quedan tres días.

El bufete se dedica exclusivamente a los casos en defensa de los derechos de las minusvalías físicas o psíquicas, del medio ambiente y todo lo relacionado con él. El porqué de esta dedicación viene de cuando Pol era niño, sufrió una parálisis infantil que le dejó sin movilidad en las piernas, los médicos lo atribuyeron a una infección causada por un virus medioambiental. Pero esto no ha sido nunca un obstáculo para que afronte la vida con fortaleza y buen humor, es un luchador nato con un fuerte espíritu de superación y un gran deportista, ha practicado diferentes deportes como el baloncesto, natación, atletismo y otros siempre adaptados a su minusvalía. Desde mi punto de vista la actitud que más admiro de Pol, es la capacidad de imaginación y creatividad que tiene para adaptar mecanismos, que en un principio fueron diseñados para otros menesteres y que él, con gran ingenio los emplea para tener una vida más cómoda. Bueno y si me pusiera a trabajar un rato, creo que sería un beneficio para el bufete.

A la mañana siguiente, después de aparcar el monovolumen en la plaza reservada del parking, se dirige hacia la esquina como si estuviera encantado por el mismísimo flautista del cuento, al doblar la esquina percibe el aroma de café recién tostado, se siente levitado en una nube que le transporta hacia el paraíso de los cafeteros. Cuando está tomado el café piensa en que hoy se fijará en las secretarias, porque con un poco de suerte intentará si puede descubrir cuál de las cinco muestra los síntomas de estar enamorada de él, en eso entra una mujer rubia de ojos azules, es una de las secretarias del bufete, Pol se fija en ella y recuerda como se llama, se trata de Noa, pero por mucho que la mira no obtiene ningún resultado, por lo menos que él pueda apreciar, aparte de pasar vergüenza, ya que si se gira ¿Qué pensará? que es un voyeur u otra cosa mucho peor. Una vez terminado el café, se dirige al edificio donde tienen ubicado el bufete, en la entrada se encuentra con su amigo Jan, después de saludarse entran pasando al lado de las secretarias, ya en el interior del despacho Jan le pregunta si se ha percatado de quien se trata, vamos si ya ha visto quien está enamorada de él, Pol serio responde que no, que no ha notado nada diferente en ellas. Cuando Jan se disponía a salir Pol le pidió que le hiciera el favor de llamar a una de las secretarias para que le ayudara a preparar el caso para el juicio, ya que quedaba poco tiempo y Pol está pensando que tienen una edad aproximada, él tiene treinta y cinco años, ¿Pero quién podrá ser, a que vendrá?, le devuelve el saludo y le pregunta en que le puede ayudar, y obtiene una respuesta en tono irónico.

— Soy su secretaria personal, en qué puedo ayudarle yo a usted, por cierto mi nombre es Rut.

Rut llevaba menos de un mes trabajando en el bufete y Pol aún no había reparado en ella, era fácil de entender, siempre estaba absorto en su trabajo y quien se ocupa de contratar a las secretarias es Jan.

Estuvieron trabajando juntos hasta la hora de comer, llegado ese momento Jan y él tenían cada mediodía una mesa reservada en un restaurante cercano, por el escaso tiempo del que disponían más que comer engullían, así mientras tomaban el café podían dedicar el tiempo que les quedaba a la tertulia, un placer que compartían los dos, casi algo sagrado donde poder evadirse del estrés.

— ¿Ya has descubierto de cuál de ellas se trata?

— No, pero he descartado a dos, la que he coincidido en la

cafetería esta mañana, ha sido muy claro que Noa se sentía incómoda con mi presencia, y en cuanto a Rut, su máximo interés es el trabajo.

— Bueno ya has descartado a dos, ahora sólo te quedan tres, a ver si eres capaz de descubrir de quien se trata.

De regreso al bufete, al pasar al lado de ellas, les da las buenas tardes fijándose en su reacción, entran juntos al despacho y Jan le pregunta.

— ¿Qué, cuál de ellas te parece que és?

— Yo diría que ninguna, por lo menos de las cuatro que están ahora, ¿Por cierto, como es que falta una?

— La que falta me pidió día personal para solucionar unos asuntos, y por cierto acertaste.

— Lo referente a la oficina lo tienes todo controlado das mucha seguridad, será por eso que yo me despreocupo totalmente y que ahora no recuerde quien es la que falta.

— Pues si es parte de mis obligaciones y procuro que sea así, la que falta es mi secretaria Cris, no sé si te has fijado es pelirroja.

Después de pensar un rato contesta.

— No puede ser, ¿No me digas que es ella?

— Pues sí, ¿Por qué?

— Por qué, ¿Tú la has visto bien?

— Te recuerdo que es mi secretaria, claro que la he visto

bien.

Pol lo decía porque aunque coincidían cada mañana en la cafetería nunca la había relacionado con la mujer del bufete, como no fijarse en ella, es parapléjico no ciego, una mujer de un metro setenta, pelirroja de ojos azules y una piel blanca como la porcelana, sin mencionar el cuerpo esculpido de modelo que tiene, y es que, Pol, cada vez que la veía pensaba que ella trabajaba profesionalmente de modelo.

No había que reflexionar mucho para darse cuenta que era un broma de mal gusto de Jan, era y es imposible que una mujer de tal belleza se pudiera haber enamorado de él.

A la mañana siguiente coinciden los dos en la cafetería, Pol le desea los buenos días con el fin de atreverse a pedirle de que tomaran el café juntos, Cris sonriendo le acepta la invitación, es la primera sorpresa pero no la última, mientras entablan una conversación, él se fija en ella para despejar cualquier duda que le pudiera acechar, escudriña hasta el más mínimo gesto, en algo que le pueda dar una pista sobre si es una broma y así podérselo echar en cara a Jan al llegar. Pero, sorpresa la suya cuando ve la sonrisa de complicidad, sus ojos mirándole fijamente, brillantes, diríase de enamorada, pero no podía ser, o tal vez sí, sólo con el pasar del tiempo se lo confirmaría.

Pol ya había roto el hielo que le impedía poder iniciar una relación con una mujer, aunque sólo fuera para entablar una amistad, era el logro de su vida, más importante que haber fundado el bufete, y lo mejor del caso, es que en ese mismo instante se dio cuenta que ya estaba enamorado de Cris.

Cada día que pasaba, cada momento que pasaban juntos, compartiendo cafés y tertulias, que se cruzaban miradas y sonrisas de adolescente, se iban confirmando más los vínculos de amor entre los dos, Pol había conquistado dos cosas, el amor y el abandonar la desconfianza que tenía a que alguien le pudiera

~ 19 ~

querer por como es y no por su fortuna.

Había amanecido, era un día de lluvia suave, uno de esos que le apetecía mirar detrás de la ventana mientras escuchaba música, al contemplarla parecía hipnotizarle haciéndole entrar en trance, o en un dulce sueño en el que se podía evadir de todo. Pero la realidad era que tenía que salir y afrontar el día, a pesar de que la humedad al penetrarle en los huesos le daba clases de anatomía, donde el dolor le hacía recordar cada uno de ellos.

En un día como éste era una auténtica pesadilla desplazarse por las calles, los coches parecían multiplicarse proporcionalmente a los nervios que uno iba incrementando al volante, y hoy le tocaba ir a la otra punta de la ciudad para visitar a unos clientes, definitivamente una pesadilla que deseaba que terminara pronto, o mejor aún, que saliera el sol por el camino calentándole los huesos y despejando el tránsito.

Ya en la casa de los clientes se dieron cuenta que les faltan algunos de los papeles del caso, se habían quedado en la otra carpeta encima de la mesa, por lo tanto como la reunión casi duraría toda la jornada, daría tiempo a que se los trajesen y no tendrían que posponerlo para otro día. Llegó la hora de comer y los papeles aún no habían llegado, la culpa era del maldito tráfico en un día de lluvia, así que decidieron invitarles a comer para dar más tiempo a que les llegaran los papeles necesarios para terminar la reunión.

— Es media tarde y aún no ha llegado nadie a traernos la carpeta, el tema es preocupante, ya que ha salido del bufete a las once, y por muy mal que este el tráfico ya tendría que haber llegado. Decidimos aplazar la reunión y regresar al bufete para averiguar qué había sucedido, la primera sorpresa al llegar es que Rut mi secretaria está allí sentada hablando por teléfono, doy un vistazo rápido para ver quien falta, oh Dios espero que no le haya pasado nada. Al terminar la llamada Rut nos lo explica, estaba hablando con la policía, que le habían informado de que nos presentáramos lo antes posible en el Hospital Central, que allí ellos nos darían una exhaustiva explicación de lo acontecido, sin perder más tiempo nos dirigimos al hospital preocupados por lo que le hubiera pasado a Cris.

La policía nos estaba esperando en la entrada del hospital para darnos la noticia de que la estaban operando de la columna vertebral y que al terminar los cirujanos ya nos informarían, los policías les entregan una copia del informe del accidente, debido a que la familia de ella lo ha solicitado, ya que ellos son abogados, una vez leído por los dos llegan a la conclusión de que ha sido un cúmulo de coincidencias terminadas en una tragedia, hablan de ello mientras están esperando en la sala, ellos mientras están intentando reconstruir los hechos.

Cogió un taxi frente al edificio y eso que en un día de lluvia es casi un milagro, subían por la avenida que dispone de seis carriles de un mismo sentido, que en días así suele ir abarrotada, sin poder avanzar con fluidez decidieron transitar por una calle de doble sentido de la marcha, es estrecha y el recorrido mucho más largo, con la ventaja de ser más rápido por ser poco circulada, llegando casi al destino, un camión pierde el control a causa de la velocidad y del estado del firme por la lluvia, yendo a colisionar en el lado del conductor provocándole la muerte instantánea, las graves heridas de Cris son causadas por el aplastamiento del vehículo contra de la pared de un edificio, los bomberos para poder sacarla tienen que cortar el techo del coche, un trabajo laborioso a la par que lento, y eso sin contar el tiempo empleado para poder retirar el camión.

Ven salir los cirujanos por el pasillo que da a los quirófanos, vienen para informar a la familia, y ellos podrán escuchar como abogados que los representa.

— La paciente está fuera de peligro, todo y que la intervención ha sido un éxito, no hemos podido evitar que pierda la movilidad en las piernas, tiene una importante inflamación en la medula espinal, eso no quiere decir que cuando consigamos atenuar los síntomas recupere la movilidad, háganse ya la idea de que quedará parapléjica para siempre, ya sabemos que es muy duro lo que decimos pero tienen que afrontarlo y a partir de este momento darle a ella todo su apoyo, así como tratamiento psicológico que es muy importante, y por parte de ustedes como de sus allegados de animarla y ayudarla en su recuperación. Tienen que tener en cuenta que las recuperaciones son lentas y consisten básicamente en aprender nuevamente a valerse por sí mismo.

Habían pasado seis meses del accidente y la recuperación estaba siendo lenta, aunque la inflamación de la médula había remitido y cesado los dolores, Cris ya sabía que no volvería andar y esto le era un hándicap.

No ponía nada de su parte para aprender a valerse por sí misma, ya que había perdido la ilusión que impulsa a todo ser humano a vivir, incluso parecía desvanecerse el amor que sentía por Pol y empezaba a pensar que sus visitas eran por compasión, que ya no sentía nada por ella y que sólo venía a verla por la obligación de que es su jefe.

Pol intuyó lo que le estaba pasando a Cris, que el desánimo y la desconfianza se estaban apoderando de ella creando una herida muy profunda y de difícil curación, esto podía ser un pozo tan profundo, oscuro y siniestro de donde no podría salir nunca a menos que él pensara algo y pronto.

Después de pensarlo detenidamente y de hablarlo con la familia de ella, deciden intentar convencerla de que prosiga su recuperación en su casa adaptada que tiene en la playa, además él pondría a su disposición tanto una fisioterapeuta como una enfermera, luego cae en la cuenta de que necesitaría un mínimo de servicio en la casa para hacer los trabajos rutinarios de mantenimiento, comidas y de alguien que se haga cargo de las compras, aparte de que hubiera un coche para cualquier imprevisto. Otra cosa que haría falta y es una de las más importantes, la línea telefónica, que por no llegar hasta la casa tendría que hacer instalar una antena amplificadora para telefonía celular,

~ 22 ~

una vez solventados todos estos inconvenientes podría empezar la rehabilitación en la casa y el iría a visitarla tanto los fines de semana como en las fiestas, donde tendrían la oportunidad de compartir unos momentos maravillosos al lado de la playa y disfrutar del relajado mar.

Cris a regañadientes aceptó bajo presión familiar y la gran insistencia de Pol de ir a la casa y allí proseguir la rehabilitación, ella nunca imaginó ni en el mejor de sus sueños los días que le esperaban, paseos en barco, ver amanecer, las idílicas puestas de sol, el mar brillando bajo el manto de estrellas y con su camino plateado que llevaba a visitar la luna, las visitas al pueblo a comprar el pescado recién llegado a puerto, las comidas románticas y relajantes con él en el jardín todo gozando de la sinfonía del mar que les relajaba y enamoraba a la vez. Este idílico paraíso al lado de la playa contribuyó a una veloz recuperación, aprendió tan rápido a valerse por sí misma que pronto no le hizo falta la enfermera ni la fisioterapeuta, Pol compaginaba el sentimiento de alegría y temor por ella, alegría por la evolución de Cris con el inmenso amor que sentía por ella, el cual le hacía sentir temor por perderla, ya tenía otra vez ese maldito sentimiento de desconfianza, el mismo que le invadía sin compasión, tendría que luchar una vez más contra este infortunado sentimiento y quedarse sólo con el de la alegría. Después de un breve periodo de tiempo decidieron regresar a la ciudad y afrontar la rutina diaria del trabajo y ella acostumbrarse a la nueva situación física para moverse tanto por la ciudad como por su remodelada vivienda.

…empieza a pensar, qué hace aún en ese lugar si ya nada le retiene allí, ¿Por qué había regresado?, ¿Por qué?

Era simple la respuesta el día anterior al atardecer pasó a recoger a Cris, que como de costumbre le estaría esperando a la puerta de su domicilio, pero por la mañana habían tenido una discusión, con lo cual no sabía si le estaría esperando o si las relaciones habían quedado algo mermadas por los hechos pasados. Una sorpresa decepcionante al ver que no estaba allí, que la discusión parecía haber sido mucho más fuerte de lo que en realidad había sido.

Pol impaciente y receloso no esperó más que unos breves minutos, marchado del lugar para dirigirse a la casa de la playa, una vez allí empezó resurgir toda la desconfianza oculta durante un tiempo y las dudas le abrumaban sobre si el amor de ella era sincero o un mero interés para afrontar los hechos sucedidos.

Frente al ventanal que da al jardín, contemplando el mar que está en calma y aunque se ha respondido las preguntas, parece ser que son más los miedos causados por la desconfianza que el amor que siente por ella, no se puede vivir así sin confiar en uno mismo y en los demás ya que es un infierno en vida.

De regreso a la oficina y antes de entrar como de costumbre se pasa a tomar su elixir, el café aromático que es un afrodisíaco para afrontar con optimismo el día, allí está ella tomando el suyo, Pol duda si pasar a saludarla y preguntarle si la discusión había sido tan seria como para romper las relaciones que tenían, Cris se adelantó a sus pensamientos llamándole la atención y reclamando su presencia a su lado, no le preguntó nada a él, sino más bien le explicó por qué no había podido estar a tiempo para la cita, que todo era causado por un inconveniente de última hora por su nuevo estado físico, lo cual él entendía perfectamente por haberlo sufrido multitud de veces, maldita sea la desconfianza que por muy poco le había hecho peligrar su amor y aquella oportunidad única en la vida, por lo que después de meditarlo unos breves instantes se decide a preguntarle si quiere casarse con él... pero esto ya es otra historia.

Ése

Ése, si ése que cada mañana coincidimos en el mismo sitio aunque sea por un breve periodo de tiempo, ése con el que estando frente a frente no nos miramos a los ojos, eso sí tímidamente cruzamos miradas como aquel que no quiere, sin pronunciar palabra nos lo decimos todo, ¿Qué cómo puede ser? Fácil la complicidad de mirarnos sin vernos, del conocernos sin saber nada el uno del otro, son las maravillosas cosas de la vida, esos misterios que hacen atractiva la existencia en este mundo, que nos cautivan sin saber por qué ni el por qué no, dos desconocidos cotidianos frente a frente por la misma causa, que sin mediar palabra irán puliendo esas pequeñas imperfecciones fijándose bien en cada detalle para conseguir un resultado óptimo, eso sí sin mirarse a los ojos a menos que sea imprescindible o casual, todo sea por conseguir un afeitado apurado y la cara limpia sin legañas antes de salir a la calle.

Esclavitud moderna

Soy el loco que enviste con una lanza a los gigantes de la hipocresía, me estrello una y otra vez contra molinos cuyas aspas quiebran mi libertad.

Lucho, mejor dicho, luchamos contra la inquisición del pensamiento y de la libre expresión, nos queman en la hoguera a todos aquellos que no comulgamos con sus ideales, ideologías y su forma de pensar, en este siglo XXI coexistimos con personas o personajes por así llamarles que aún siguen anclados en siglos pasados, su forma de ver el mundo y lo que sucede en él no ha evolucionado lo más mínimo, lo grave del asunto es que es como una enfermedad viral que se contagia fácilmente, yo mismo en este escrito no distingo si soy el inquisidor o el condenado.

En el mundo hay más opiniones y maneras de pensar que matices cromáticos, unos nos esforzamos en intentar comprender a los demás, pero aunque no lo logremos nos parapetamos en el silencio evitando la confrontación tanto verbal como física, pero como en este caso y en alguno más nos vemos obligados a luchar mediante la palabra contra las plagas que azotan a la humanidad, sea bien contra la discriminación racial, la violencia de género, cualquiera de las múltiples variedades de fanatismo, la opresión del capitalismo manejando los hilos de la clase política que nos empuja cada vez más hacia un estado de pobreza y sumisión, lo que pronto se llamará la esclavitud moderna.

Amigo invisible

Desde pequeño tuve un amigo invisible, con él jugaba a mil emocionantes aventuras, teníamos charlas interminables, gritábamos y reíamos en el cobijo del silencio, ahora parece una locura, pero fueron unos años maravillosos para los dos, hasta que llegó la pubertad, llegado ese momento imité a los gobiernos que ni hablan ni escuchan al pueblo, que al no verlos cruelmente lo pisotean e ignoran, yo hice lo mismo o aún peor, pues de un amigo se trataba, aunque este fuera invisible, no como el pueblo para un gobierno que se escuda en que son meros números para ellos, estadísticas en un papel que fácilmente se destruye en una máquina no dejando ni rastro de culpabilidad. Por no verlos los ignoran pisoteando su dignidad, que mala es la ceguera de la mente que al hacernos mayores, cambiamos la inocencia y las ganas de jugar por la ambición y la crueldad.

Heraldo de la Tierra

Estaba entre bastidores esperando mi turno con los nervios electrizando el ambiente, era normal pues se trataba de mi primera vez en ponerme frente al expectante público, se me podría catalogar de orador virgen, con el típico y tópico miedo escénico, o más bien pánico, el cual me mantenía la boca áspera como la superficie de una piedra, seca, amarga y con la lengua pesada igual que si fuera de plomo.

Me llaman para salir al escenario y colocarme en el atril; Tengo que relajarme y dejar atrás miedos, nervios u otras frustraciones que me puedan impedir exponer el tema que tengo previsto.

A pasos cortos me dirijo al atril, no fuera que se notase el temblor de piernas, llegó el temido momento, coloco bien los papeles mientras miro de reojo al público, cuánta gente, es abrumador y atemorizante a la vez, cuando no esté leyendo tendré que mirar al infinito, es un truco para que no pueda entorpecer el discurso por el miedo a sus reacciones, sólo imaginen el sentirse observados por una multitud de ojos expectantes al cómo se desenvolverá, ni que decir de la misma cantidad de oídos atentos al más mínimo detalle de la oratoria, te sientes vigilado igual que una presa por sus depredadores.

Ordeno los papeles, levanto la cabeza mirando al público y me decido a empezar.

— Buenas noches.

Hoy me presento a ustedes como el heraldo de la madre Tierra, sí han oído bien, seré por una noche su voz y con mis palabras la intentaré defender de la plaga más destructiva y cruel que

~ 28 ~

existe, ¡el hombre!

En primer lugar decirles que si todos fuéramos creyentes, habríamos cometido dos de los peores pecados, uno asesinar el planeta con lo que conlleva el segundo, nuestro propio suicidio, y cuando menciono asesinato, no hablo de uno cualquiera, sino del peor de ellos, del que se lleva a cabo mediante la tortura, prolongando así su agonía durante décadas.

¿De qué torturas estoy hablando? de unas que afloraron justamente por la ambición del hombre, por sus ansias de riquezas, por su vanidad envuelta del más puro de los egoísmos, el de sentirse superior a los demás y ser idolatrado como los dioses de antaño.

Esto les llevó a ir asestando puñaladas al planeta, mediante el engaño de vender el bienestar a la gente, lo que actualmente se llama la sociedad de consumo o economía global, todo esto aleja a la humanidad de estar en armonía con la naturaleza, de vivir en paz y ser uno con ella, hasta tal punto, que por mucho que se lamenta la tierra, y muchas veces sea gritos, de los cuales, no tan solo son visibles, sino que con sus propias heridas abiertas se lleva consigo vidas humanas, y lejos de reaccionar viendo la realidad, lo achacamos a catástrofes naturales, cuando somos nosotros la única catástrofe por ir contra natura.

Todos, sí, todos somos culpables de estas torturas, todos contribuimos a ellas, consumiendo alocadamente, tirando desperdicios sin dar la más mínima importancia de las consecuencias que acarrearan a un futuro próximo, no reciclando, que no haría falta si desde el principio se hubieran previsto los resultados, pero el daño ya está hecho, ellos por dinero y nosotros por comodidad.

Por cierto, no me he olvidado de mencionar de qué torturas hablo, simplemente lo posponía o bien me he dejado llevar por las emociones. Excavaciones en la tierra sin más control que el de sus beneficios, perforaciones para hallar petróleo o gas con

~ 29 ~

métodos cada vez más agresivos y peligrosos, talas de bosques e incendios incontrolados, bueno sí, por la simple especulación de los terrenos que han sido arrasados por las máquinas o calcinados, alguien se beneficia de ello aunque esto suponga menos oxígeno, inundaciones, más contaminación, con el consiguiente calentamiento global y la disminución de la capa de ozono. Ozono que se está destruyendo también por los humos contaminantes, humos provocados por la comodidad de unos y el enriquecimiento de otros.

En cuanto al resto de las torturas las dejo a su elección, pueden escoger entre la multitud de comportamientos aberrantes que tiene la humanidad, y que todos llevan al mismo fin, el asesinato de la madre tierra.

Ahora para terminar les mencionaré los lamentos y heridas más visibles del planeta, huracanes, ciclones y tornados, terremotos, hundimientos y corrimientos de tierras, inundaciones, maremotos, volcanes en erupción, nevadas glaciares y otros más que seguro se me quedan en el tintero, pero no piensen ni por un instante que son fenómenos naturales, antes sí que lo eran, pues en las centurias pasadas sucedían en contadas ocasiones, y no tan violentas como suceden en estos tiempos, ni tan frecuentes, ¿Es que nadie se pregunta si somos los culpables?

O es todo más simple para la humanidad, mirar hacia otro lado y culpar a la ignorancia de los que nos antecedieron, obviando que estamos haciendo lo mismo o peor aún, contando que la población aumenta exponencialmente con el paso del tiempo, y teniendo en cuenta esta última premisa, se llega a la conclusión de que se acelera vertiginosamente la muerte por asesinato del planeta.

Para terminar les pediré que reflexionen sobre lo expuesto, y decirles por último que cada acto tiene una consecuencia, resumiendo que si seguimos así, no tan sólo estamos expoliando los recursos del planeta hasta conseguir su devastación y su muerte prematura, sino que como parte de ella, nos estaremos suicidando hasta alcanzar nuestra propia extinción, tal y como hemos hecho con otras especies.

Todo esto pasará y no en un futuro muy lejano, por nuestra desidia, porque es más fácil culpar a los otros que sentirnos partícipes de los hechos, nos estresamos tan sólo con pensar que tendríamos de rehusar algunas de las comodidades que nos rodean, teniendo en cuenta que si todos lo hiciéramos retrasaríamos los acontecimientos, o por lo menos mejoraríamos la calidad de vida, tanto la del planeta como la nuestra.

Me despido de ustedes esperando haberles dejado un remordimiento en la conciencia, y si no es así, suicídense viviendo en la total indiferencia.

Ecos de una bomba

Al estallido le sigue un estruendo que dura unos segundos, al mismo compás que caen cascotes y cristales rotos, todo envuelto en una nube de polvo que aún no deja ver el auténtico horror que se avecina, es después cuando se escuchan los ecos de una bomba.

Algunos son tan imperceptibles como la sangre derramada por las víctimas, esta se desliza por el suelo al igual que la lava por la ladera de una montaña, va caldeando los ánimos de las gentes y dejando profundas heridas en el pueblo, otro que tampoco es audible, son las lágrimas que se van derramando de los ojos de familiares y amigos, a estos ecos mudos les siguen otros que son ensordecedores, gritos desgarradores de las víctimas, llantos, voces clamando justicia o venganza por los hechos acontecidos.

El peor de todos, el más desgarrador, silencioso y abrumador, es ver los trozos de las personas esparcidas por los escombros, son igual que piezas de un puzle al que, y en el mejor de los casos tendrán que jugar los forenses, si no serán devorados por las alimañas o el tiempo para regocijo de la muerte y sus autores.

Cuando los que usan las bombas son unos pocos les llaman criminales terroristas, ¡pero!, lectores como cambia todo, si los que las utilizan son los ejércitos bajo las ordenes de sus mandos, y que estos a su vez están instigados por sus respectivos gobiernos, en esta caso cuentan con el beneplácito de instituciones políticas y religiosas, pasando a ser aclamados y condecorados como héroes.

Con los años las memorias tienden a olvidar, así como los

que escriben la historia manipulan los hechos según los intereses de sus gobiernos.

Todas las muertes por bomba, todas, son instigadas por las ambiciones de unos dirigentes embriagados por el poder, carentes de la más mínima célula de humanidad, promueven que los habitantes del planeta se maten entre ellos para complacer sus egos, así como llenar sus arcas, y ocultar otros hechos que harían se muriera aún más gente.

La conclusión

Estoy de pie observando la gente con la que comparto el espacio y el tiempo, breve tiempo para fijarse en todos los matices que me rodean, por ejemplo sus vestiduras las cuales son la distinción de su estatus o bien etnia cultural, así como que la mayoría de ellos están absortos cada cual en su particular mundo, bien sea de fantasía o de mestiza realidad, estos pueden ser de amor, de crueles guerras, de romances imposibles, paisajes paradisíacos o tenebrosos, biografías, etc. En realidad estos maravillosos mundos de infinitas combinaciones se agrupan todos ellos en uno sólo, los libros, bien sean en papel o en su formato digital, esto me hace llegar a la conclusión de que estoy en la mayor sala de lectura del mundo... el transporte público.

Fugaz

Estaba esperando la llegada del próximo metro cuando por un fugaz momento la vi, fue por un breve instante, lo que dura el parpadeo de los ojos, pero lo suficiente para motivarme a buscarla con la mirada por toda la estación hasta encontrarla, allí estaba con el pelo rojizo como el cielo en un atardecer de septiembre, y por qué no comparar sus ojos verdes con las aguas cristalinas de los mares tropicales?, eso sin olvidar la piel blanca de porcelana que resaltaba aún más por los labios pintados de rojo, esa belleza fulgurante parecía parapetada en la invisibilidad que le ofrecía estar entre la muchedumbre, pero no era suficiente para zafarse de mis discretas miradas, hasta que entró en el vagón y cerrándose las puertas tras de ella desapareció por la oscuridad del túnel, por suerte para mí pronto llegaría el siguiente metro y así no retrasaría más el desplazamiento que tenía previsto.

Cuando el metro llegó y se abrieron las puertas entré con la ilusa esperanza de hallarla allí, pero la realidad es que esa ilusión se desvaneció tan rápido como se ven al pasar las luces situadas en la pared.

Pero aun así la busqué por el vagón y eso me dio la oportunidad de ver por primera vez que de los libros que tenían absortos a los pasajeros iban apareciendo los personajes de sus lecturas, ellos compartían nuestro trayecto sin importarles que estuviéramos allí, era igual que ver dos películas distintas a la vez, una en color de los variopintos pasajeros y sus diferentes comportamientos, y otra en tonos grises de los personajes interactuando entre ellos como si estuvieran contándose sus aventuras, sorpresa la mía cuando uno se acercó y me dijo:

— Ya que me ves te diré que hoy has perdido dos cosas, el metro y una bella mujer todo por tener un comportamiento virtual.

Para otra vez seguiré su consejo abandonando el puesto de observador y pasaré a interactuar con la gente que me rodea, puede y tan sólo puede que no vuelva a perder el metro ni otra bella mujer.

El trayecto

Finalizada la reunión salgo a la calle con la única intención de dirigirme hacia casa, esta vez sin hacer paradas ya que ha durado tanto que se ha hecho de noche y estoy cansado, muy cansado. El trayecto que me espera hasta llegar a mi hogar es corto a pesar de tener que cruzar medio pueblo, o por lo menos eso me parece, sobre todo teniendo en cuenta que por el día resulta un paseo placentero y pleno de pequeños detalles que te van adsorbiendo la atención, aparte de no olvidar las tertulias cortas o algunas veces largas que conlleva el camino, y que siempre terminan obstruyendo el paso por la acera, todo sea para poder facilitar que los transeúntes nos maldigan reprochándonos tal comportamiento que resulta para ellos incívico y que para nosotros es un modo esencial de comunicación.

Pues por la noche en el trayecto sucede todo lo contrario, al igual que la imagen devuelta por un espejo, es por lo que se hace el camino angustioso al sentirte observado por los mil ojos que están agazapados en la penumbra, te sientes al inicio de un laberintico túnel donde reina la oscuridad y estás tan sólo rodeado por el ruidoso silencio de la noche. Llegado este instante, es tal la sensibilidad emanada por el miedo a lo desconocido que percibes con la mirada el movimiento del viento, y se te afina tanto el oído que puedes escuchar detrás de ti los pasos de las sombras siguiendo los tuyos, esas mismas que hacen que el camino se alargue al igual que la tuya frente a una luz.

Las percibes, te están acechado a la espera de un desliz, de un mal paso o bajando la guardia, ellas aprovecharán ese justo instante para dar el paso al malévolo ataque, se arrastrarán por el suelo, se deslizarán por la paredes, saltarán de árbol en árbol beneficiándose del refugio que les brinda la oscuridad, sólo si estás atento y el miedo te lo permite, escucharás los sonidos de advertencia que te proporcionan las tenues luces de la calle, si los puedes llegar a oír, es entonces que el corazón retumbará como cañonazos en la noche, que la sangre se te helará en las venas y el rostro arderá por el miedo. El cuerpo se tornará liviano como una pluma y tus pies poseerán las alas que te harán volar, correrás por la calle igual que si flotaras sin importar cuantos obstáculos encontrarás al pasar, cada vez correrás más y más fustigado por los rostros que te persiguen en la oscuridad, esos que pertenecen a las sombras que tienes detrás de ti como tambores de guerra acechando tu vida, les acompañan sonidos de látigos de fuego viajando por el viento de la noche, son los que azotan los miedos, tus miedos, nuestros miedos, los que tornan el pelo cano y el rostro viejo. Tras volar por la calle sin tocar con los pies al suelo llegas a la luz y te encuentras a salvo, en paz con todo y todos, estás en campo santo, tu hogar.

"El cementerio"

¿Vosotros que haríais?

Conozco a una persona que no para de quejarse, siempre le duele alguna cosa o tiene algo de qué protestar, pero últimamente hay un tema que destaca por encima de las demás quejas o protestas, y es que se le olvidan las cosas para pesadilla de todos, y como si fuéramos nosotros los que tuviéramos culpa de lo que le pasa no para de echárnoslo en cara, se da media vuelta y no recuerda nada de lo dicho o pensado, y por si esto fuera poco repite las cosa una y otra vez haciéndose muy pesado para los que le rodean, esto me hace reflexionar y si tuviera que avisar de que conozco a una persona que no para de quejarse, siempre le duele alguna cosa o tiene algo de qué protestar, pero últimamente hay un tema que destaca por encima de las demás quejas o protestas, y es que se le olvidan las cosas para pesadilla de todos, y como si fuéramos nosotros los que tuviéramos culpa de lo que le pasa no para de echárnoslo en cara, se da media vuelta y no recuerda nada de lo dicho o pensado, y por si esto fuera poco repite las cosa una y otra vez haciéndose muy pesado para los que le rodean, esto me hace reflexionar y si tuviera que avisar. ¿Vosotros que haríais?

Historia paranoica

Hace un tiempo que le doy vueltas a un tema, no paro de pensar en ello, o lo más correcto sería decir, mal pensar en ello. Mentalmente voy juntando las piezas del puzle o de esta historia paranoica, cuantas más piezas estoy colocando virtualmente en la mesa de la imaginación, me doy cuenta de lo surrealista de la trama, puede que tanto, que llegue a ser cierto.

Mis sospechas del engaño y manipulación de la gente se remontan a principios del siglo XX, en las primeras décadas empezaban a dar sus primeros pasos la radio, la televisión y el todo poderoso cine, reforzados esos medios de comunicación por la prensa escrita, viendo las múltiples posibilidades que les ofrecían las nuevas tecnologías y las ya existentes, unos iluminados empezaron a urdir el plan para conquistar el mundo en un futuro no muy lejano, sus planes se vieron retrasados por la segunda Guerra Mundial, la cual sirvió para reforzar sus creencias y propósitos de conquista mediante la tecnología de la comunicación, la destrucción que conlleva una gran guerra disminuye drásticamente el poder que otorga la sumisión de la gente en tiempos de paz y bienestar, pero fue utilizada por ellos para recordar los horrores de la guerra y la destrucción que conlleva, para que ningún loco gobernante volviera a intentar conquistar el mundo de nuevo, pues lo único que conseguirían sería la destrucción total de la vida existente, y más aún después de ver los resultados causados por la bomba atómica, que es la aberración contra natura más grande creada por hombre.

Esto no quiere decir que no haya habido más guerras, las ha habido y las habrá, lo que no les interesa es una mundial, pero sí que las haya, para someter a países cuyos gobiernos no obedezcan sus designios, el auténtico propósito es poder quedarse con sus recursos y así enriquecerse, también hay otros países que carecen de interés para sus propósitos, estos no tienen recursos con los que poder beneficiarse, estos países están condenados a morir de hambre, sed y enfermedades de las cuales la mayoría han sido inoculadas, con el pleno conocimiento que nunca podrán optar a una cura, experimentan con ellos, pero sutilmente y por los caminos de la caridad, prueban nuevos fármacos para obtener resultados sin que peligren los que pagarán, pagarán y mucho, pero no por una cura, pues esto no da beneficios, si no por una medicina que les aliviará los achaques de la enfermedad.

Por otra parte la segunda Guerra Mundial sirvió para dar un gran salto en el avance tecnológico, uno de ellos la comunicación entre continentes, así como viajar más rápido entre ellos, esto aunque aumentaba las posibilidades de éxito no era suficiente para ellos. Este grupo cerrado de personas que ha ido cambiando de miembros pero no de directrices, tras los recientes acontecimientos llegaron a la conclusión, que para ver cumplidos sus objetivos, tendría que invertir en la investigación de nuevas tecnologías con el fin de conseguir sus metas.

Uno de los campos en que invirtieron e invierten es el armamentístico, el cual tiene dos propósitos puede que no muy evidentes, uno el de mantener la clase militar contenta y ocupada manteniendo un teórico equilibrio de fuerzas entre naciones, y dos ya mencionado anteriormente, el de someter a determinados países y poder apoderarse de los recursos, hay que tener en cuenta los incalculables beneficios que obtienen por la venta y utilización de las armas.

Después del primer lanzamiento de un satélite artificial, se abrió ante ellos un abanico de posibilidades inmensas, tantas que al principio no vieron que empezaban a recorrer el camino final hacia su triunfo. En el espacio hay satélites de muy variadas categorías y casi todos con el mismo propósito, el de controlarnos, un ejemplo el GPS, al principio se hizo creer que su utilidad era estrictamente militar para localizar las tropas, para esto tienen a su disposición los llamados satélites espías, estos cuentan con una serie de ópticas dignas de la ciencia ficción, la utilidad real de este invento lo detallaré más adelante.

Con la llegada de la década de los 90, década que trajo dos grandes avances para sus propósitos, la telefonía móvil e internet. Pero no fue hasta el siglo XXI cuando las inversiones en tecnología les permitirían culminar su plan, la conquista del mundo.

Llegado a este punto de la historia y habiendo completado el puzle, daré paso al resumen de las piezas, verán cómo van encajando una a una, sólo mencionaré las piezas clave, son las que dibujan el plan, las otras son de mero relleno y no las explicaré para no extenderme.

Ahora breve y rápidamente pasaré a juntar las piezas que forman el rompecabezas, éste al mismo tiempo está formado por otros de más pequeños, de estos hay dos grupos, el de los sometidos por militares o creencias religiosas, y el de los sumisos por el falso estado del bienestar, este último es el más extenso, el que implica a la mayoría de la población, este espejismo, este engaño, esta nueva forma de tener a las personas en una perpetua esclavitud, es al que han dedicado tanto tiempo para tenerlos hipnotizados, aparentemente mudos, sordos y ciegos.

Las piezas utilizadas para conseguirlo han sido, periódicos, televisión, radio, móviles (celulares) e internet, ayudados por los GPS que nos tienen situados en todo momento, así como con las muy utilizadas tarjetas de crédito o débito, con las cuales conocen todos nuestros gustos de compra y donde lo solemos hacer, de esta forma nos podrán influenciar en un futuro para aumentar hasta endeudarnos en las nuevas adquisiciones, de qué manera, fácil, ahí es donde entran los anuncios publicados en las piezas mencionadas anteriormente.

Otras dos piezas clave, la Banca y la Bolsa de mercados, igual que la luna influencia en las mareas, estas dos entidades hacen lo propio en nuestras vidas, hasta tal punto, que hay gente que termina mendigando en las calles o peor aún, suicidándose.

He aquí donde entran de nuevo, periódicos, televisión, radio e internet, son las herramientas más poderosas para transformarnos en personas sumisas, tantos años estudiando los gustos de la gente, de evolucionar los medios de comunicación, ofreciendo multitud de emisoras y canales televisivos, sólo es para tenernos a todos ocupados sin tener que pensar en los problemas reales, estos son muchos, ¡tantos!, corrupción, manipulación de la economía para enriquecerse, pequeños favores llamados tráfico de influencia, recortes en los derechos adquiridos del bien estar común, de estos mencionar sanidad, cultura o educación, pensiones, etc.

En resumen, unos visionarios vieron hace unas décadas la manera de conquistar el mundo, esta es la era del consumismo y la tecnología, la que nos mantiene a todos o la mayoría sumisos bajo los efectos del conformismo, mudos, sordos y cegados por las luces del optimismo, alejándonos cada vez más de la realidad, de la humanidad, del luchar por nuestros derechos, de salir a la calle no a mendigar, si no a protestar y a decirles que hemos descubierto sus armas e intenciones, y que lucharemos por ello hasta conseguir nuestra dignidad.

Padres soñadores

Por unos breves minutos les recorre una sensación de angustiosa incertidumbre, hasta que se confirman sus sospechas, en ese instante les invade una alegría sin precedentes, una que desconocían que existiera hasta ese momento, todo su cuerpo emana la luz de satisfacción, esa de los padres que están esperando un hijo.

Ahora empieza ese período de tiempo donde se depositan todas las ilusiones, esperanzas y buenos deseos hacia el nonato. Estando en el vientre materno ya es mimado por los progenitores, le cantan, le hablan con dulzura y le hacen sentir en la calidez de su protección.

Todos los padres se ven sumergidos en un mundo de placenteros sueños, en todos ellos el protagonista es el hijo que aún no ha nacido, para él desean un futuro mejor, una larga vida fuera del alcance de enfermedades y peligros, una niñez llena de juegos y aprendizaje, una juventud de diversión y fortaleza, que disfruten de una madurez sosegada y que les sobrevivan en años.

Pero llega la realidad, la más cruel y macabra de todas, es en la que se fulminan los sueños, en la que las ilusiones, deseos y las esperanzas depositadas terminan.

¡Sí, terminan!

Terminan por las manos asesinas en la cubierta ensangrentada de un ballenero.

Enclaustrado

Estoy enclaustrado en el centro de la oscuridad escuchando incesantemente el eco de los pensamientos, sin un momento de descanso hasta llegar la noche, en ese momento empiezo a soñar con y en libertad, sueño justamente en lo que no está permitido hacer con el cuerpo que nos encarcela de día y que en su descanso nos concede la libertad amparados por la noche, en ese momento y sólo en ese, se nos está permitido vivir las aventuras leídas o vistas en tantas películas de acción o de romances imposibles, en esos maravillosos mundos de fantasía donde uno se evade para volar sin peligro, para pensar en lo prohibido o para amar sin caer en la locura. Divina es la oscuridad otorgada por la noche que nos brinda la oportunidad de viajar al pasado, a la juventud perdida para jugar una y otra vez con las personas que de día ya están en el olvido o guardadas en el baúl de los recuerdos, recordar esos años de incansables diversiones sin tener ninguna preocupación, sin tener más ambición que la de seguir disfrutando sin importar con quien o con qué, que libre es uno de joven sin estos perjuicios que nos acechan en la madurez inculcados por la estupidez de la edad y que son trasmitidos a través de los tiempos.

Una duda me corroe mientras estoy recluido entre paredes de hueso y frágil carne, este fulgor eléctrico o llama que es nombrada como alma, que es realmente nuestro yo, que pasa cuando fallece nuestro carcelero, cuando se pudren sus paredes quedando tan sólo los huesos, o bien es quemado para reducirlo a cenizas que serán esparcidas en blanco polvo contaminante.

¿Qué quedará? Tan sólo la fría oscuridad o más difícil de imaginar la nada, esto último se escapa a mi comprensión por lo que no pierdo el tiempo en ello, otra idea me atrae más, la de que

~ 45 ~

somos energía y por lo tanto no nos destruimos si no que nos transformamos en otro ser vivo o bien regresamos a la fuente, a Gea, la madre tierra para iniciar un nuevo ciclo de vida, en otro yo que no recordará nada de la anterior, que puede que cometa los mismos aciertos y errores de las vidas pasadas, sólo evolucionando acorde con la época en la que le toque para merodear por la tierra, todo esperando en tiempos venideros tener la suficiente capacidad de comprensión para llegar a una conclusión acertada del porqué de la vida, del quien somos, del dónde venimos y adonde nos dirigimos, del porqué evolucionamos y de cuál es nuestra finalidad, o tal vez sea todo más sencillo y no tan idílico como mi idea, que una vez muerto el cuerpo que encarcela la energía, nuestro yo, ni se destruya ni se transforme, tan sólo termine desapareciendo en la nada.

Entre dos mundos

Existen dos mundos que coexisten juntos, al mismo tiempo, uno de luz y colores, el otro de oscuridad y tristes tonos grises.

Estando en uno de ellos es todo alegría, bienestar, sonrisas, en fin como si todo fuera perfecto, pero... sí hay un pero, tenemos que recordar continuamente que andamos o más bien nos tambaleamos encima de una cuerda floja, sin arneses que nos sostengan, ni una vara para mantener el equilibrio, y menos aún una red de protección para cuando nos caigamos de la cuerda, que no es otra que el transcurrir de nuestra vida, sin contar que siempre nos espera el frío y oscuro suelo para recoger nuestros pedazos, es un voraz carroñero que nos espera con una frialdad abrumadora, yo personalmente lo comparo como un terreno de tierras movedizas, donde si caes tan sólo una vez te engulle despacio, saboreándote, disfrutando lentamente de la oscuridad que se va cerniendo en ti, cruel, implacable y burlona se mofa del desliz sufrido, todo contemplado el hundimiento de la alegría que albergabas en tu interior.

Una vez estás hundido en la oscuridad, rodeado de tristeza y de un mar de lágrimas que te obliga a mirar

continuamente hacia abajo, porque no soportas ni el blanco de los ojos que te deslumbra, ni las risas de los que te rodean, pues te queman las entrañas como ácido vertido para torturarte, todo te parece de tonos grises, oscuros como las vestimenta de la misma muerte, a tu alrededor parece que la vida se haya extinguido por completo y que tú seas la causa de ello, te tornas como un desierto árido, yerto sin esperanza de regresar a la vida o a la alegría, pero es entonces cuando alguien te ofrece su mano para liberarte de ese infierno, aunque al principio la rehúyes cual si fuera un hierro candente, pero al final te aferras a ella, pues intuyes que te conducirá a la luz, a ese mundo del que venías, uno de alegrías, de vida y colores brillantes, del cual a pesar de sus contratiempos te gusta estar en él, y en compañía de la gente que sin pedirte nada te sonríe ofreciendo un camino más ancho para continuar tu trayecto en esta vida.

Es entonces cuando realmente te das cuenta que no hay tanto peligro en pasar por la cuerda floja llamada vida, que la gente que te quiere hará de sostén para cruzarla y que llegues a buen destino, que la oscuridad no es tal, que sólo está en tu mente, que con ayuda y tiempo todo se supera, que regresan los colores a llenar tu mirada y alcanzar la alegría de tu corazón.

Es muy fácil caer en la depresión y muy difícil salir de ella, mi consejo déjate ayudar.

Universo vivo

El universo, un maravilloso ser vivo, nació con una explosión de fuego y vida, después siguió creciendo, formando las primeras galaxias, y con el paso de los milenios, fue expandiéndose hasta alcanzar unas dimensiones imposibles de imaginar.

He dicho lo de ser vivo, porque así lo creo, todo el universo es uno, unido por arterias como las nuestras, sólo que estas son invisibles, estas arterias no contienen sangre, si no energía vital, como sabréis la energía no se crea ni se destruye, solo se transforma, partiendo de esta premisa, todo ser vivo es energía y forma parte de las arterias del universo, por este motivo cuando finaliza el ciclo de vida, bien sea de un humano, como de cualquier animal o planta, regresan a las arterias como energía vital, para transformarse más adelante y en otro lugar del universo en un nuevo ser vivo, pero esta vez en otro diferente empezando un nuevo ciclo. De la vida que dejó atrás no le queda nada, pues sus recuerdos y experiencias sirven para el crecimiento y enriquecimiento del universo, son usados para crear nuevas galaxias, mejorando los mundos para que estos estén en equilibrio y armonía, es por este motivo que el universo sigue expandiéndose, es su busca por la fraternidad entre seres vivos y por el respeto al entorno donde habitan.

Por este motivo quiero pedir que nadie actúe pensando en el cielo o el infierno, ya que ninguno de los dos existe, si no que seáis consecuentes con el mundo que os rodea, que respetéis tanto la humanidad, como a los animales y la vegetación, que no matéis ni destruyáis por la simple arrogancia e inconciencia de que podéis hacerlo, pues en la próxima transformación las victimas podéis ser vosotros mismos.

Vivir en paz y armonía el ciclo que os ha tocado vivir.

Solar vacío

Ya llevaba un buen rato esperado dentro del coche, tanto que la mente se me nublaba, parecía estar entrando en un sueño profundo, cuando me fijé en un solar vacío, me vino a la memoria que en aquel lugar había un hospital, empecé a recordar que llevaba un par de años cerrado, que desde la calle se veía con todos los muebles y demás aparatos aún en su sitio, parecía como las casas abandonadas de las películas de terror, sucio, polvoriento, con sus telarañas de atrezo tan bien colocadas, que el resultado final, era como si fuera un decorado diseñado para una obra del autor Edgar Allan Poe, desolador a la par que terrorífico.

Este hecho despertó mi lado más curioso, ese que no para de corroerte las entrañas, poniéndote en la situación de querer conocer lo que había sucedido, tanto los motivos del porque lo cerraron, como por la aparente rapidez que tuvieron en abandonarlo, lo intuía por el estado en que lo dejaron todo, evidente ¿no?

La primera idea que se le viene uno, es la de una mala gestión, y tan mala, tanto que se les olvidó vender el contenido, fuera bromas, sería por algo más serio.

La historia más verosímil es que todo empezó con un paciente con parálisis, uno ingresado por la inoculación de un virus desconocido, uno de esos muchos que nos acechan en la actualidad, y que por ser tan poco frecuentes no los investigan, o puede que no lo hagan por ser creados para unos fines, para unos de muy dudosa finalidad.

Prosigamos, el paciente estaba estirado en la cama, esperando que vinieran para realizarle unas pruebas, pero antes, y como no, tendría que lidiar con la burocracia hospitalaria, y en ese mismísimo instante se desencadenaron los hechos, al pasar una hoja para firmar la siguiente, con ese simple gesto, tan sencillo, tan cotidiano y banal como es pasar una hoja, pues es el imperceptible detonante de todo lo que sucedió después, ¿Qué cómo?, con un pequeño corte en el dedo, no se pueden saber cómo se propagó tan rápido, pues si fuese por la sangre tendría que haber habido contacto directo, lo lógico era pensar que se expandía por el aire, transportado como el polen, pero este no causaba alergia, si no la muerte a los pocos minutos de haberlo inhalado, y cuando digo minutos, me refiero a escasos diez minutos, pasado ese breve período de tiempo caían fulminados al suelo muertos, sin una causa aparente visible, esto mantenía a todos confundidos, de tal manera que iban de un lado para otro propagándolo más.

Mientras sucedía esto, el paciente estaba sentado en una silla de ruedas, esperando su turno para un escáner, ahí sentado veía caer a la gente muerta a su alrededor, hasta que se quedó sólo con el silencio, viendo pasar el tiempo, la degradación paulatina de los cadáveres, oliendo las emanaciones de putrefacción, sabiendo que pronto formaría parte de ellos, pero mientras tanto por su mente pasaban sentimientos de culpa, miedos horribles que le torturaban a cada instante, y la peor de todas las sensaciones, la soledad con la muerte, viendo cómo le tejían el sudario con el que se le quería amortajar, todo finalizaría al cerrar sus ojos, en la compañía de la fría oscuridad.

Transporte metropolitano

Estaba con un amigo que me explicaba que desde hacía unos meses trabajaba en la ciudad, y lo cómodo que resultaba desplazarse en transporte público, a la vez que barato e interesante. Me contó lo que sentía en cada uno de sus viajes, y en especial en uno de ellos.

Cada mañana en el autobús se sentaba al lado de la ventana para apreciar en su recorrido todos los matices del viaje, me dice que el paisaje es como una persona, que la ves crecer y envejecer, que un día no es igual al siguiente, y que la gente de las paradas por sus miradas puedes adivinar su estado de ánimo. También hace hincapié en lo interesante y a veces divertido que resulta al pasar ver la gente por las calles y las plazas, ver su comportamiento, aspecto, y lo mejor de todo, las caras de los niños al jugar.

Pasó a relatarme ese día tan especial en qué bajó del autobús y se dirigió a la entrada del metro. Se paró frente a la entrada pareciéndole una oscura cueva y que de su interior salía el aire cálido y fétido del aliento de un dragón, su cuerpo se estremeció y el latir del corazón le oprimía el pecho, pero bajó y se adentró en los pasillos. La gente corría empujada por el miedo, los músicos allí apostados sonaban al movimiento de las tripas y al final del pasillo se escuchaba el rechinar de sus dientes, se abrieron las puertas y penetró en sus fauces, las personas parecían resignadas a su suerte, pero una voz y una flecha luminosa le mostraron la salida, salida a la salvación.

Subió las escaleras y respiró el aire fresco, miró hacia atrás y se dio cuenta que había derrotado al dragón, sí, el peor de ellos, sus propios miedos.

Siguió diciéndome que a partir de ese momento disfrutó por un igual de viajar en el autobús y en el metro, y que en el metro la gente no corría, solo tenía prisa por no perderlo por su puntualidad y llegar tarde a su destino, que los músicos por sus actuaciones merecían estar en un escenario, y lo interesante que resultaba la diversidad de culturas, comportamientos y aspectos de las personas que viajaban en él.

Terminó contándome lo mucho que se alegraba de haber vencido al dragón "sus miedos", y así poder disfrutar de todas las ventajas que ofrecía el transporte público, se despidió de mí subiendo al autobús, sentándose al lado de la ventana una vez más.

Universos

Tengo frente a mí el universo en constante expansión y movimiento, es fácil abstraerse con su complejidad y belleza, desde que estoy aquí no me canso de observar y estudiar cada uno de sus detalles, sacando conclusiones o bien confirmando teorías.

Justamente hoy hace cuatrocientos cincuenta años que el Ministerio de Ciencias inició el experimento, creando para su estudio y comprensión un universo a escala dentro de un habitáculo transparente y hermético, por el laboratorio han pasado unas cuantas generaciones y muchas más tendrán que pasar para finalizar el proyecto.

Últimamente me he planteado una teoría o más bien una idea poética sobre el oscuro espacio vacío, es que éste tiene unas raíces metafóricamente hablando que penetran en las galaxias y que sus extremos son los agujeros negros, de los cuales se alimenta de materia, luz y energía para seguir creando nuevas galaxias que ocupen ese espacio, una vez cumplido su fin, las raíces con la energía acumulada en su interior pasan a ser agujeros de gusano, intercomunicando las galaxias entre sí, siendo los pasadizos espacios temporales para desplazarse de un lugar a otro del universo y entre galaxias, esto puede ser una idea poética o simplemente una locura por el cansancio.

Cuando empecé a trabajar aquí hace quince años, fue al principio de enviar nano sondas dentro del universo creado, por fin se disponía de la tecnología para hacerlo, la primera enviada fue para explorar la galaxia que correspondería a la nuestra, el resultado es que no coincidía en nada, por lo que se llegó a la conclusión de seguir estudiando los fenómenos y variables para extrapolarlos a nuestro universo, y así mediante complejos cálculos y la observación del comportamiento podríamos comprender mejor la evolución del mismo.

El estudio del proyecto ha causado y causa muchas batallas filosóficas y moralistas, de si nos creemos unos dioses por haber creado un universo a nuestro antojo, estas discusiones me provocan pesadillas por las noches viéndome en un experimento igual creado por otra civilización en otro universo, y si la vida fuera tan sólo una cadena de experimentos, uno se vuelve loco con sólo intentar pensarlo.

Una de las últimas sondas enviadas ha descubierto en una galaxia un planeta relativamente joven, al cual se le augura una muerte prematura, lo habita una plaga voraz que consume los recursos del planeta a una velocidad estremecedora, esperemos nunca entrar en contacto con unos seres así en nuestro universo.

Computadora: fin de la entrada.

El mar de las lágrimas

Un grupo de excursionistas iba hablando o más bien discutiendo, para intentar encontrar una explicación lógica a la procedencia del nombre del lago que estaban viendo, todos llegaron a la misma conclusión del porque le llamaban mar, pues era evidente, ya que la distancia que separaba una orilla de la otra era tan grande, que desde una no se podía ver la otra, ni estando en la cima de una montaña, y eso resultaba fácil, pues todo el lago está rodeado por altas montañas.

El hombre que les hacía de guía resultaba que era hijo del lugar, les propuso hacer un descanso y de paso les contaría la historia que había oído de niño.

Empezó la narración diciéndoles: Cada vez que alguien tenía un problema que parecía no tener solución, los más viejos de la aldea explicaban la misma historia, tanto a modo de consejo como de advertencia.

Antes de existir el lago se veía la tierra fértil del valle, este lo cruzaba un gran río que se alimentaba de las aguas de las altas montañas, y de sus muchos riachuelos que vertían las aguas en él. En el centro del valle y dividido por el río, se hallaba una ciudad, era de unas dimensiones tales, que se podría decir que ocupaba la mitad del terreno llano, a su alrededor se podían ver los campos más coloridos jamás imaginados, estos estaban cultivados con los más variados tipos de frutales, así como de todo tipo de hortalizas y cereales.

La gran desdicha que se cernió sobre tan idílico paraje fue, que cuando los hombres que gobernaban la ciudad se tornaron tan ambiciosos y corruptos, que ebrios por el poder empezaron a fustigar al pueblo con más impuestos, tantos que ya no les resultaba cosechar para vender, las consecuencias fueron pronto evidentes, la mayoría por no decir todos los habitantes habían perdido el trabajo a consecuencia del encarecimiento de todo, el panadero no disponía de harina para el pan, el ganadero no tenía con que alimentar a los animales y esto repercutía en el carnicero, así sucedía en casi todo, menos el pescadero, pero había un pero, no había peces para tantos habitantes, el resultado fue que lo poco que quedaba se encareció mucho, tanto que las gentes empezaron a pasar hambre, a recorrer las calles famélicos y muchos de ellos ya sin hogar, pues por no poder pagar les quitaban lo poco que les quedaba, ¿Quién? Quien iba a ser, los mismos que gobernaban que nunca tenían suficiente.

Los jóvenes se marchaban cruzando las montañas en busca de un futuro a otros países, con lo que las consecuencias se agravaron más y más, los cultivos sin nadie que los trabajara se tornaban tierras yermas o plenas de malas hiervas, los ganaderos al no poder vender habían despedido a los que cuidaban el ganado, por lo que los animales estaban famélicos y agonizantes en las granjas, pero no eran los únicos pues al pueblo le sucedía lo mismo, al igual que los eslabones forman parte de una cadena para mantener encadenado algo, todo lo que sucedía era parte de un plan, que a su vez estaba formado por otros de más pequeños con el fin de someter a la gente, sí un fin diabólico, arrebatar las casas, las tierras, el ganado y conseguido todo esto para hacer trabajar a la gente a cambio de un plato de comida.

Pero toda acción acarrea unas consecuencias, estas tardaron, empezaron a surgir en el silencio requerido en toda revolución, al principio se unió todo el pueblo, estos agazapados en la noche y bajo su protección, emprendieron lo que sería el fin del yugo que les esclavizaba, la primera acción que pusieron a término, fue la de construir pequeños diques para sesgar el abastecimiento de agua que los riachuelos hacían al río, así conseguían que bajara el caudal del agua, esto les permitía poder construir el más grande de todos, una presa que encerraría el agua entre las montañas, fueron tan sigilosos como los espíritus, estaban motivados para conseguir su propósito.

Ya lo veis, al final lo consiguieron, actuaron todos juntos al igual que si fueran uno sólo, con un mismo fin y una sola voz, ahogaron a todos los ambiciosos y corruptos, esos que ebrios por el poder fustigaron al pueblo hasta matarlos de hambre, esos que por no tener nunca suficiente se apropiaron de las pertenencias del pueblo, y que a cambio les pagaron con mentiras envenenadas, esas mismas que nublan la mente durante un tiempo, pero no tuvieron en cuenta que la desesperación despierta a las gentes hambrientas de venganza.

Lo perdieron todo, hasta el idílico valle donde nacieron, pero ganaron la libertad y la dignidad que alimenta el alma tanto como la comida al cuerpo, pero les costó muchas lágrimas conseguirlo, por esto llamaron al lago, el mar de las lágrimas, para que todos recordaran siempre que juntos todo lo pueden, y que nadie que asumiera el poder en el futuro no cometiera los mismos errores o tendría el mismo final.

El oasis de los muertos

Historia o leyenda, realidad o ficción, sueño o pesadilla, o puede que nada de lo mencionado anteriormente, sólo, sólo un espejismo en el horizonte creado por una luz cegadora y unas voces traídas por el viento que te atraen sin remedio.

Es en ese momento donde muchos empiezan a recorrer el arduo camino, uno lleno de promesas de un futuro pleno de riquezas, donde se deja de soñar porque todo se hace realidad al instante, uno en el cual las esperanzas y las ilusiones ya no tienen cabida pues se hallarán en el paraíso, allí encontrarán unas aguas para bañarse que les mantendrán en una eterna juventud, en ese lugar la palabra enfermedad pasa al olvido como polvo en el viento, todo son risas regadas por el vino de la salud, vestidos con las galas de la felicidad y calzados con las alas de la libertad.

Pero el camino es arduo, lleno de peligros, regado por llantos, de pesadillas por el día y de sueños perdidos por las noches, torpes son los andares que llevan al destino final, ese el cual es siempre desconocido o más bien ignorado por el miedo de toparse con la realidad, cuando es mucho más fácil evadirse en el mundo de las ilusiones flotando en nubes de sueños.

Muchos marcharon juntos pero al llegar al lugar se encontraron que era árido, sin agua ni palmeras, sólo espejismos rotos y sueños muertos, el sitio estaba lleno de huesos esparcidos y con sus respectivas calaveras que ahora eran contenedores vacíos de esperanzas, los propietarios de dichos restos habían transformado sus ilusiones en polvo y arena formando el basto desierto calentado por el sol, en aquel lugar y en ese momento se dieron cuenta de que fueron engañados por una luz cegadora y el coro de voces del mal, el cual les había llevado a la muerte, la peor de las muertes posibles, la que exterminaba los sueños, las ilusiones y las esperanzas de futuro.

Pero los pocos que quedaron en tierras de lucha en las cuales viven en una esclavitud encubierta mediante engaños, siguen luchando armados con esperanzas e ilusiones de poder desenmascarar a las voces del mal, esas que provienen del poder en los gobiernos podridos y corrompidos por la ambición manipuladora de bancos y bolsas del mundo.

Traficando con la vida

Sólo me quedaba el proyecto final de carrera de periodismo y decidí escribir un artículo sobre los bancos de óvulos y de esperma, era sencillo plasmarlo en un papel, tenía toda la información necesaria en la red, pero resultaba demasiado fácil por lo que inicié una investigación de campo, incluso me hice donante de esperma para que fuera más veraz. Llegado a este punto obviaré detalles de donde y de quien obtuve la información, ni por qué lugares transcurrieron las pesquisas por motivos de seguridad, éste escrito es un relato breve tanto de lo descubierto, como de lo visto por mí.

La vida eterna o la eterna juventud es imposible, una utopía, pero alargar la vida contra natura y en óptimas condiciones si es posible, ¿Cómo? Tan fácil como tener cantidades indecentes de dinero, aunque para ello se esconda una auténtica aberración detrás.

Lo primero que averigüé fue, que tan sólo el 30% de los óvulos y del esperma congelado son realmente para personas que no pueden tener hijos, la pregunta que me surgió y empujó a seguir indagando es del otro 70% restante sino se destruía a donde iba, en que se utilizaba y que se escondía detrás de todo, pues está establecido en todos los países unas leyes que regulan el tema, todo este entramado está gestionado por dos empresas especializadas diferentes, pero que pertenecen al mismo grupo empresarial, siguiendo el rastro de dichas filiales llegué a un grupo de edificios de dos plantas, semejantes a los que se pueden encontrar en un complejo residencial, pero lo que escondía en su interior helaba la sangre, eran salas con mujeres embarazadas, como si se tratara de una granja de animales, ¿Pero para qué?

Después de unas cuantas averiguaciones, de las cuales no puedo mencionar las fuentes y de atar los cabos sueltos, llego a la conclusión de que se escondía detrás de todo el asunto.

Los óvulos y el esperma sirven para fecundar a las mujeres, pero ahí no se termina lo abominable del asunto y es que en este lugar se aprovechaba todo, los niños resultantes de los partos se destinan en parte para ser adoptados clandestinamente a un alto precio, y la mayoría de las niñas para seguir el proceso. El cordón umbilical para extraer células madre que se distribuyen en clínicas privadas del mismo grupo, las células son utilizadas para curar enfermedades críticas a un coste elevadísimo, sólo al alcance de muy pocos. La placenta es enviada a farmacéuticas de productos para la belleza y rejuvenecimiento, que curiosamente pertenecen al mismo entramado de empresas.

El máximo horror es cuando las mujeres dejaban de ser productivas que eran sacrificadas con el fin de vender los órganos en el mercado negro para no dejar rastro.

Tal vez fue el miedo a morir o aún más simple mi cobardía, que tardé unos meses en enviar las investigaciones realizadas de forma anónima, tanto a diferentes medios de comunicación como a las autoridades, con el fin de que pusieran término a tales acontecimientos.

Mi sorpresa fue mayúscula que con el pasar del tiempo no veía nada en las portadas de la prensa, ni en la televisión, y menos escuchar la más mínima referencia en las emisoras de radio, era desesperante a la par que lógico, pues un entramado de tal envergadura y que daba tal cantidad de dividendos, tenía que tener mucha gente involucrada y en todos los ámbitos, por lo que era imposible desenmascararlos, puede que si lo hubiese publicado en la red pudiera haber conseguido algo, tal vez mi muerte o lo más probable ser ignorado por loco.

Que aberración y monstruosidad crear granjas con seres humanos para criar y ser sacrificados con el fin de enriquecerse a costa y de alargar la vida a unos pocos, y lo peor del tema con la impunidad e inmunidad que lo hacían, lo hacen y lo harán.

La estadística

Donde trabajamos nos envían a una empresa recién adquirida para hacer una copia de la cartera de clientes, así como de todos los archivos que pudieran resultar provechosos para las finalidades comerciales de la empresa. Para los problemas que pudieran surgir en el apartado informático estoy yo como especialista, en cuanto al otro compañero es un analista de datos, él se encargará de seleccionar todos los ficheros que puedan resultar útiles en un futuro próximo.

Al llegar a las oficinas en cuestión es donde empieza mi trabajo, el de poner las computadoras en funcionamiento y evaluarlas por si fueran aprovechables para usarlas en nuestras dependencias, así que según voy poniendo en marcha los equipos paso a etiquetarlos si son para reciclar o son aptos para su utilización en nuestra empresa. Esta vez me pusieron mi trabajo mucho más fácil que de costumbre, pues nos facilitaron las claves de acceso a las computadoras, pero al tener que acceder a la que supongo por su ubicación tendría que ser la del director de la empresa, ya que se encuentra en un despacho separado del resto, estos están en una misma sala compartiendo espacio tan sólo separados por paneles, en este último deducido como el del director es cuando empieza el problema, y el verdadero trabajo para mí teniendo que averiguar la contraseña pues la que nos facilitaron no es correcta para mi sorpresa, después de probar multitud de variantes y estando a punto de recurrir a software para piratear la computadora, pensé en antes dar un repaso por la mesa y cajones por si el propietario era uno de esos sin despistados que escondía la contraseñas, el resultado fue inútil ya que estaba todo vacío, pero recordé que yo muchas veces dejaba papeles con anotaciones bajo el teclado, por lo que antes de pasar a piratear la computadora miré bajo el teclado y sorpresa ahí estaba, sí en el reverso del teclado escrito con rotulador, y por cierto con lo fácil que resultaba acordarse de una contraseña así, ¿Cómo es que la había anotado? Bueno supongo que por el típico miedo a no recordarla un día y perder todos los trabajos realizados, pero ahí no terminaron las sorpresas pues sólo hallé una carpeta con archivos, el resto del disco duro estaba vacío, al disponer aún de mucho tiempo ya que a mi compañero le quedaba trabajo para el resto de la jornada, antes de ponerme a ayudarle en lo que pudiera me dispuse a mirar los ficheros de esa carpeta.

El primer archivo que abrí parecía contener una estadística de accidentes de tráfico, los datos abarcaban diez años y ciento treinta y seis sucesos, todos ellos en diferentes ciudades del país, pero lo que me intrigaba era que para ser una estadística contenía pocos para los que suceden en la realidad, tal lista tenía nombres de los accidentados, fechas y el lugar exacto donde habían ocurrido, todos compartían el mismo denominador común, que el resultado era el fallecimiento de uno o más de los accidentados, en total sumé ciento cuarenta y tres muertes, y a mi parecer eran unos datos inútiles que no aportaban nada, sin ninguna utilidad, ni la de coleccionar datos.

Me puse a leer el segundo archivo, en este documento se detallaba los ciento treinta y seis sucesos anteriormente mencionados, contenía los puntos exactos de las ciudades donde habían ocurrido, así como los nombres de las víctimas y de quien había provocado el accidente, en el caso de este último con qué pena le habían condenado, que en la totalidad de los casos se habían resuelto con multas, retirada temporal del permiso de conducir y unas indemnizaciones que resultaban insultantes para los que habían sufrido las pérdidas humanas, a mí me parecía todo ello muy surrealista y más teniendo en cuenta las consecuencias que habían provocado, a esta persona le gustaban los detalles morbosos, pues el escrito explicaba minuciosamente los más mínimos pormenores de cada accidente, era en donde más se extendía, como si saboreara el momento, al igual le provocaba placer, hay otras personas que les ocurre esto, por suerte son muy pocas, también por la minuciosidad de los detalles contenidos, se podría deducir que si no lo había visto en primera persona era porque le habrían facilitado los datos una de las personas involucradas en los accidentes, ¿Pero por qué tanto interés en esos sucesos?, a todas las conclusiones a las que podía llegar serían meras especulaciones y ninguna la acertada, por lo que sería mejor continuar con lo que hacía. Pero antes de terminar de evaluar la computadora me fijé que no coincidía el tamaño de la carpeta con la de los archivos que contenía, había ficheros ocultos que me disponía averiguar que contenían.

Uno se trataba de otro documento de texto, este contenía la explicación que resolvía el misterio del otro, incluso el de la insólita estadística, en este escrito se narraba una historia sórdida. Al parecer todo empezó para librarse matando a dos personas, al principio para encubrir los asesinatos tendrían que morir nueve personas más, en diferentes accidentes de tráfico y en diferentes ciudades del país, en un período de tiempo razonable para no alzar sospechas, el plan según sus palabras era perfecto, pues quien iba a sospechar de una muerte en un accidente de tráfico, y menos cuando no tenía relación con él ni la persona ni la ciudad en la que había sucedió el accidente, y aún había más en el sórdido plan, pues se servía de intermediarios para cometerlos, estos son los que realmente contrataban a los sicarios que por poco dinero cometían los delitos, estos estaban bien informados de su inmunidad, tanto a nivel policial como por que las indemnizaciones corrían a cargo de las compañías aseguradoras, resultaba un negocio rentable, tan sólo no tenían que tener conciencia y mantenerse en silencio ocultando la verdad. Pero él al ver que con el paso del tiempo no se habían molestado en investigar, lo que le llevaba a la conclusión de que efectivamente su plan era perfecto, por lo embriagado del poder que le confería tal impunidad lo siguió haciendo, llegando a la escalofriante cantidad de ciento cuarenta y tres muertos, no hubo más porque la muerte lo paró a él.

Al terminar de leerlo pensé que era una confesión, pero reflexionando un rato llegué a la conclusión que lo había dejado por escrito por pura vanidad, eso y el gran número de ficheros fotográficos de los accidentes que hallé en la carpeta, al verlas supongo que le provocarían un enorme placer, supongo que este fue uno de los motivos para convertirse en un asesino en serie.

El pobre

Con la ventana y los portones cerrados reina la oscuridad en la alcoba, mientras en el camastro está durmiendo el matrimonio ajeno a las penurias diarias. Ya de madrugada él va abriendo despacio los ojos, aún tumbado, pero ya despierto, está mirando el cielo estrellado, pero qué más quisiera él que fueran estrellas y no los agujeros del viejo techo que dejan pasar la luz del amanecer. Una vez desvelado por la cruda realidad se levanta para dirigirse al piso inferior, el suelo que tiene que pisar al igual que el techo es de madera carcomida, y a esto le podemos añadir la escalera que es del mismo o peor material, todo el conjunto tanto al pisarlo como en un día de fuerte viento cruje igual que huesos rompiéndose.

Se dirige a la cocina situada en la planta baja, pero antes de entrar en ella recuerda que no queda nada para comer, por lo que se siente una vez más frustrado y hambriento al igual que se sentirá su esposa al enfrontarse con esta misma situación.

Antes de que él salga a la calle para afrontar un nuevo día de penurias y humillaciones les haré un resumen de la vivienda y las circunstancias en las que se encuentran.

La casa en la que viven es de dos plantas, las estancias son reducidas y están albergadas entre unas gruesas y viejas paredes encaladas, estas ya no conservan apenas los colores con las que fueron decoradas y en la actualidad han pasado a estar engalanadas por un moho negruzco, la humedad al igual que la pobreza se ha apoderado del hogar y las personas que lo habitan, pero no siempre ha sido así, pues no mucho tiempo atrás tanto ellos como sus vecinos cuidaban de unas tierras de labranza que les proporcionaban el sustento y algunos pequeños caprichos, pero después de una mala temporada el terrateniente al no obtener los beneficios esperados vendió las las tierras y el que las compró ya tenía sus jornaleros por lo que no precisaba de ellos, a consecuencia de esto se vieron sin trabajo y adquiriendo una deuda con los propietarios de las casas por el arrendamiento.

Como cada día se dispone a bajar los quinientos metros de calle que les separa del núcleo del pueblo, él ataviado con sus vestiduras limpias, aunque en realidad sean unos harapos raídos por el desgaste del uso y del tiempo, resulta que a la vista de los demás y aún más si son bien estantes les parecerá que es un pordiosero de los que habita bajo los puentes, pero no desentona en la calle que habita, ya que esta es un barrizal mal oliente donde la aceras son de tablas podridas y resbaladizas, las fachadas de las casas son un reflejo de los ánimos entristecidos de sus inquilinos, estas están sucias y desconchadas, si te fijas bien parecen estar llorando por sus ventanas oscuras y rotas, los jardines que antes estaban bien cuidados y floridos ahora son un reflejo de la decaída moral, estos están abandonados por los colores de la alegría y en su lugar han aparecido las malas hierbas, estas son tan grandes como la infame suerte que se cierne en sus habitantes. Ya casi a punto de entrar en el pueblo hace una breve parada para reunir la fuerza y entereza suficiente para afrontar el día, azotado por el hambre y el frío empieza andar por la calle adoquinada compartiéndola con los animales de tiro y esquivando las heces de estos, pues no es de buen ver que los pobres utilicen las aceras destinadas a los transeúntes de buenas vestiduras y poder adquisitivo, pero sí lo es que estos miren fijamente a los necesitados con cara de desprecio y se mofen de ellos con sonrisas socarronas, mientras él tiene que aguantarlo con la cabeza cabizbaja y sin levantar la vista del suelo, pues si por un momento osase de mirarlos, estos le lapidarían a insultos por no disponer de piedras para arrojarle, es así de cruel es la vida, y más aún cuando de reojo ve posadas y tiendas con los manjares a disposición de los afortunados que disponen de unas monedas para tal menester, pero no es su caso, para él es la puerta de entrada al cielo que permite saciar el hambre pero tan

~ 69 ~

sólo a los de la clase media y alta de la sociedad.

Llega a la plaza del centro del pueblo, es donde se encuentra establecido el mercado, justo al frente de la puerta de la iglesia donde se dispone a mendigar, antes de situarse en la puerta para empezar a pedir entra para rezar como cada día, rogará que pueda conseguir unas pocas monedas para que él y su mujer logren alimentarse el día de hoy y que mañana Dios dirá, con humildad afronta el pasar de las horas pidiendo una limosna y siempre teniendo en mente que su mujer le está esperando hambrienta en su hogar, pasa el tiempo pero no el frío que le está calando los huesos y más ahora que ya está atardeciendo, ha llegado el momento que los mercaderes están recogiendo para marcharse, al igual que él que les está observando con unas míseras monedas en el bolsillo, antes de marchar recogerá algunos alimentos del suelo, la mayoría de estos, que ahora para él son manjares, han sido arrojados al sucio suelo por ser despreciados por los compradores, después de seleccionar los que están en mejor estado y de ponerlos en el talego se dispone a pasarse por el panadero y comprar una hogaza de pan, hecho esto inicia el camino de regreso a casa, cuando al pasar por un portal le llama la atención éste, es el del banco donde él sabe que nunca podrá entrar, y en el caso de que lo hiciera sería echado a la calle inmediatamente por pordiosero, pues en estos lares sólo son bienvenidos los que mucho tienen, y también pero menos a los que piden prestado por tener poco, a estos últimos tarde o temprano se quedarán con todas sus pertenencias. Pero los banqueros no son los únicos que se aprovechan del que poco o nada tiene, pues en todos lados acechan los buitres especuladores para rapiñar.

Ya ha oscurecido y se hace difícil andar por las calles con la poca luz emanada de unas farolas de aceite, pero la cosa empeora al salir del núcleo en dirección al suburbio urbano, es aquí donde la oscuridad se cierne al igual que la pobreza, donde el frío atenaza el espíritu del más valiente dejándolo a merced del miedo, esto y el hambre agudiza los sentidos y el ingenio, pero contando con todo esto no es suficiente para afrontar tan inhospitalario lugar, y más aún cuando el infortunio se apodera de él al toparse de frente con su casero, este sin contemplaciones le pide el alquiler, a lo que obtiene la respuesta de que no tiene ni para comer.

— ¿Por qué me mientes, si traes una hogaza de pan y en tu talego un delicioso manjar?

— La hogaza la he comprado con las limosnas y lo del talego no son manjares, si no recogido del suelo que habían tirado en el mercado.

— Las monedas del pan eran para mí, para pagarme el alquiler, pero soy benevolente, y si me das lo que traes te daré una semana más.

— Pero si la casa tiene agujeros en el techo, suelos y escalera que se rompen al pisar, más no tenemos nada para comer.

— Siempre lloráis los pobres, y si no me das lo que traes mañana dormirás en la calle.

— No habría mucha diferencia, pero en fin, llévate lo que tengo que mañana Dios proveerá.

Sin nada regresa al hogar para estar junto a su esposa, tan sólo tendrán una vez más el hambre y un lecho para dormir. Pues con nada salió y con nada regreso a casa, triste y cruelmente la pobreza es así.

El encuentro

Me dirijo a reunirme con mis amigos a la cafetería de la plaza mayor, aún es una de las que se conserva como si no hubiera pasado el tiempo para ella, la inauguraron en el año 1906 y desde entonces ha permanecido igual, con sus grandes ventanales engalanados con cortinas de terciopelo, las mesas de mármol blanco que aún conservan el aspecto del primer día, las sillas están acojinadas, las lámparas colgadas del alto techo son impresionantes por su gran belleza, y ni que decir de la asombrosa barra de madera que sigue deslumbrando por su brillo y gran perfección en los acabados de latón pulidos, todo el conjunto hace un inmejorable lugar para mantener una agradable conversación los domingos por la tarde, tanto por su tranquilidad como por el ambiente que se respira, haciéndote una invitación a largas tertulias acompañado de familiares o amigos.

Ya estamos todos juntos alrededor de la mesa cada uno con su café humeante y con el aroma de la tarde de los domingos, la charla es amena y alegre recordando las batallitas de cuando éramos unos adolescentes, historias que reflejaban una clara inconsciencia de la loca juventud, algunas de estas ya estaban en el olvido para algunos de nosotros, pero siempre queda alguien que las recuerda y que disfruta contándolas para el deleite de todos, mientras transcurre la narración siempre se arrancan algunas risas, bien por vergüenza, o por lo absurdo de la situación que nos llevó a cometer esas locuras, hubo incluso veces que pusimos a peligrar nuestra integridad física, muchas de estas para captar la atención de una chica y que lo único que conseguimos fue unas carcajadas por lo tontos que parecíamos al actuar de esa forma.

Esta tarde estaba resultando unas de las más divertidas por

~ 72 ~

los recuerdos a locuras pasadas en la adolescencia, pero esto iba a cambiar y pronto. Todo cambió en cuanto entraron tres individuos disfrazados por la puerta, con esas pintas carnavalescas desentonaban y mucho en el ambiente que nos hallábamos, era evidente que se habían equivocado de lugar para celebrar la fiesta que tuvieran pensada para ese día, pero lo curioso es que a ellos parecía no importarles nada que la gente los mirara con esas caras, tanto de asombro como de desaprobación, ni que murmuraran clavando la mirada fijamente en ellos, estaban al margen de todo lo que acontecía a su alrededor, era claro que tenían una idea fija en mente y que lo demás no les importaba nada.

Lo raro del todo fue cuando al vernos se dirigieron hacia nuestra mesa parándose frente a nosotros, sin apenas mirarnos empezaron a hablar entre ellos, discutían sobre algo, pero al hacerlo todos al mismo tiempo no había quien les entendiera, al final uno de ellos se dirigió a nosotros explicándonos sus problemas como si a nosotros nos tuvieran que importar. Extrañados por la situación nos miramos entre nosotros preguntándonos porque han tenido que contarnos sus conflictos, o eso es lo que yo pensaba al mirarlos, pero no era así, la sorpresa fue mayúscula al oír a mis amigos preguntándome si había podido entenderles, ahora yo estaba sorprendido y confundido por la pregunta, qué es lo que no habían entendido, pues a pesar de lo absurda de la historia estaba muy clara, les pregunto qué es lo que no han comprendido, me responden que nada y menos teniendo en cuenta que desconocen totalmente el idioma en el que hablan. Estos últimos acontecimientos me parecen una broma grotesca, por lo que inicio una búsqueda con la mirada exhaustiva por cada rincón del local por si hubieran cámaras ocultas, no veo ninguna pero eso no quiere decir que no las haya, puede que sea uno de esos programas que confabulados con otras personas graban bromas que a mi parecer son de mal gusto, y si fuera ese el caso las esconden muy bien siendo imposibles de detectar. Entre los individuos disfrazados y mis amigos creo que acabaré loco o riéndome con ellos, pero todos me preguntan que qué estoy buscando tan agitadamente.

— ¿Cómo que qué estoy buscando? pues las cámaras ocultas.

Sus rostros son de sorpresa ante mi respuesta y parecen no entender lo que he dicho, y por si fuera poco me dicen que no se trata de ninguna broma o acaso les veo con cara de reírse de lo que está pasando. Así que ahora el que no entiende nada soy yo, unos me apuntan que desconocen el idioma de estos personajes, y los otros contándome una historia inverosímil como si a mí me fuera a poder interesar en lo más mínimo. Lo curioso del caso y es por lo que creo firmemente que es una broma, es porque soy un inepto para los idiomas, sólo conozco uno hablado y mal escrito.

Este asunto se está volviendo caótico e insostenible para mí, y aún más cuando unos no paran de preguntarme que han dicho los otros, y los otros insistiéndome en que les dé una respuesta, si no es una broma será un billete de ida al manicomio. Bueno porque no seguirles la corriente y sin dar más importancia al asunto simplemente disfrutar con ello, pues me decido a contarles lo que me han dicho y si se ríen que lo disfruten.

La historia se trata de que tengo que marchar con ellos para solucionar un conflicto del cual no me han dado ninguna explicación, y que sólo yo tengo el don necesario para que todo termine bien, les he solicitado que me den más datos sobre de que don hablan y de que asunto se trata, su respuesta es que salga con ellos a la calle y que allí me lo contarán todo, lo que yo pienso es que cuando salga me darán una paliza y me robarán todo lo que lleve.

Unos me prometen que no me harán nada y mis amigos que los vigilarán de cerca, por lo que a pesar del miedo me decido a salir con ellos respaldado de cerca por mis amigos. Sólo pisar la calle uno me cuenta la historia más inverosímil y surrealista que jamás había escuchado, no va y me dice que son extraterrestres,

~ 74 ~

bueno la pinta rara si la tienen, pero de eso a ser del espacio no hay quien se lo crea, ah y para rematar que realmente lo que yo tengo no es un don si no el poder para parar una guerra interplanetaria, pero que broma más elaborada, que imaginación que tienen, no tiene desperdicio, espero impaciente el final de la trama.

Pero sorpresa, en un abrir y cerrar de ojos me encuentro en el interior de una nave que está orbitando la tierra, sin saber el como pero si el porqué. Me desbordan todo tipo de emociones, miedo, curiosidad, alegría y otra vez miedo, miro por una ventana contemplando pasar lo que supongo son estrellas, pues más bien parecen trazos de luz continuos, de repente se para la nave y al mismo tiempo se escucha una alarma, es ensordecedora aunque nadie más parece escucharla, me van a estallar los oídos y solicito que alguien la pare, nadie me hace el más mínimo caso por lo que esta vez grito:

— ¡Es que nadie la puede parar!

Todos parecen estar sordos, cuando al instante noto que me sacuden el brazo fuertemente y al final escucho una voz muy suave como si estuviera lejos diciéndome:

— ¡¡Es que no puedes parar tú el despertador e irte a trabajar!!

Metamorfosis inversa

Al poco de nacer la mariposa despliega sus alas para que se las caliente el sol, en esos instantes de irradiación solar van aflorando sus bellos colores que darán lugar a las alegrías brotadas por las miradas de quienes la verán volar, gráciles serán sus movimientos al desplazarse de flor en flor atraída por flamantes colores, se alimentará del néctar que le brinda la sabiduría de la naturaleza, disfrutará de una vida que aunque corta, la gozará plena de emociones, alegrías y amores, y en este espacio de tiempo que le habrá tocado vivir, despertará en su vuelo los más apasionantes sueños en las personas que la contemplen.

Los humanos al nacer también necesitamos el calor para emprender la travesía de la vida, pero en nuestro caso este calor nos viene dado por el amor tanto materno como paterno, el néctar que nos insufla la vitalidad de crecer no es otro que el de ser amamantados, ese maná otorgado con mucho cariño y paciencia es fundamental para la conexión espiritual con nuestros progenitores. Estos neonatos carentes de alas con colores vistosos igualmente arrancan la alegría a aquellos que les rodean, con su primer esbozo de sonrisa, con su primera mirada, con esa piel suave con aroma vida fresca. En los años venideros los padres y otras personas cercanas a estos niños, disfrutarán de ellos viéndoles dar sus primeros pasos, sus primeras palabras y así sucesivamente contemplando el revolotear por el tiempo que les lleva a la adolescencia, ahí es donde empezará su auténtico camino hacia la vejez, en ese tiempo pleno de aprendizaje de la vida irán entretejiendo con hilos de experiencia el capullo mortuorio, este no será de seda, ni de colores vistosos, ni cuando estén en ellos existirán como crisálidas, no el final del paso por la vida concurrirá en la metamorfosis, terminando así en un capullo repleto de gusanos devorando la putrefacta carne.

Desvelador

Voy andando por el pasillo mientras contemplo como entra la luz por el ventanal, me dirijo hacia allí con lentitud, parezco estar hipnotizado por la influencia de la tenue iluminación. Al pasar el umbral de la puerta me doy cuenta que ha desaparecido la cristalera del balcón, cruzo la estancia para ver lo ocurrido y de paso salir fuera para inspeccionar en busca de pistas, ¡es increíble!, no es lo único que ya no está, pues la barandilla de alabastro y el paisaje que rodea la casa parecen haberse evaporado, en su lugar ahora hay una pared de piedras y tierra. Preocupado, más bien asustado, entro en la casa dispuesto a comprobar cada una de las habitaciones por si hallara algún indicio de lo ocurrido, entro en la primera y veo penetrar por la ventana la luz tenue vista anteriormente, albergo la esperanza de que esta vez sea diferente, pero todo indica lo contrario, parece que encontraré lo mismo que en la anterior. Al igual que en el comedor sólo está el hueco de la ventana, al acercarme la situación no varía y me encuentro nuevamente con el muro de piedras y tierra, sigo con las pesquisas en la cocina, los dos baños y el resto de habitaciones siendo el resultado el mismo, las circunstancias empiezan a ser acongojantes repitiéndose el mismo resultado en cada una de las estancias inspeccionadas. Una cosa que aún no he mencionado y que es común en toda la casa visitada hasta el momento, es que las paredes se han vuelto oscuras, muy oscuras, al igual que si hubiera habido un fuego en el interior, parecen estar manchadas de hollín, pero sin indicios del porqué ni del cómo, todo el suelo está igualmente negruzco pero sin poderse ver la evidencia de ningún punto de ignición, a esto hay que añadirle que todas las estancias están completamente vacías.

En vista de los hechos y de que está empezando a apoderar-

~ 77 ~

se el miedo de mí, me decido a bajar al piso inferior donde se encuentra el garaje, la caldera y la habitación del ordenador, y lo más importante, la posible vía de escape para poder averiguar lo acontecido, espero que ninguna de las puertas estén bloqueadas. Bajo las escaleras tan rápido que no me he dado cuenta de haberlo hecho, al llegar veo que las puertas están abiertas y que la luz entra por ellas al igual que por las ventanas, esto me da la esperanza de que todo ha terminado si no fuera por las paredes que son completamente negras, esta situación nueva me da una sensación de escalofrió que me recorre todo el cuerpo, tanto es así que me dirijo corriendo a la puerta de la calle, ¡no, lo mismo!, sigo corriendo hacia la del garaje, ¡no!, ¡otra vez no!, ahora ya es el pánico el que se apodera de mí, ya que las ventanas tienen rejas, pero de todas maneras miraré por si en alguna de ellas no estuviera el muro de piedras y tierra, esto me daría una posibilidad de fuga. Pero se ha confirmado el peor de los casos, ahora estoy encerrado sin ninguna posibilidad de poder salir al exterior, la casa parece estar hundida en las entrañas de la tierra, esto es el fin, ¿Será esto mi tumba?

Estoy deslumbrado de tan blanca y brillante que es la luz que entra por el ventanal del comedor, me dirijo hacia allí con los ojos casi cerrados de lo que me molesta el resplandor, al entrar veo que ha desaparecido la cristalera de la terraza, cruzo la estancia para ver por qué no está y de paso salir fuera para ver el paisaje, es un placer poder contemplar cada día los campos y bosques que rodean la vivienda, ¡es increíble!, el paisaje parece haberse evaporado, en su lugar ahora está el vacío, la nada, al igual que si hubieran colgado una sábana blanca que lo cubriera todo, no puedo tocarla ya que no es un objeto físico, al pasar la mano esta se desvanece al igual que han desaparecido el resto de las cosas, me repito sólo puede ser la nada. Desorientado o más bien asustado, entro en la casa dispuesto a comprobar cada una de las estancias por si hallara algún indicio de lo ocurrido, así que me dispongo para entrar en la primera habitación por si algo me pudiera develar el misterio, al entrar veo penetrar por la ventana la luz que justo hace unos instantes acabo de ver en la otra estancia, parece que encontraré lo mismo. Al igual que en el comedor sólo está el hueco de la ventana, al acercarme la situación no varía y me encuentro nuevamente con el vacío, la nada, sigo con la investigación obteniendo el mismo resultado en todas las habitaciones, el escenario empieza a ser angustiante y aterrador a la vez. Una cosa común en toda la casa visitada hasta el momento, es que las paredes son de un blanco cenizo, puede que sea debido a la luz que entra o porque estas estén desnudas, sin nada que las adorne, se ven frías como mortajas, y en cuanto a los muebles son pocos viejos y ajados.

Está apoderándose la ansiedad de mí, un frío me hace hervir la sangre en las venas, recorre todo mi cuerpo haciéndome estremecer, esto me empuja para bajar al piso inferior en busca de una posible vía de escape, espero que todo esté como me parece recordarlo. Bajo las escaleras rápidamente espoleado por la ansiedad y el miedo, al llegar veo que las puertas están abiertas y que la luz entra por ellas al igual que por las ventanas, esto me aterroriza aún más de entrada, ya que la poca esperanza que me pudiera quedar se terminará desvaneciendo fuera, en el exterior, en la nada. Se repite la misma situación, las paredes son completamente iguales a las de arriba, da una sensación de pánico, más aun si cabe, tanto es así que me dirijo corriendo a la puerta de la calle, ¡no, lo mismo!, sigo corriendo hacia la del garaje, ¡no!, ¡otra vez no! Se ha confirmado el peor de los casos, ahora estoy encerrado sin ninguna posibilidad de poder salir al exterior, ya no existe tal cosa, la casa parece tapada con una sábana al igual que se hace con los muebles cuando no serán utilizados por mucho tiempo, ¿Puede que esto sea el fin? ¿El fin de todo?

Me encuentro en el garaje viendo cómo se aleja por el camino el coche de mis amigos, cuando me doy la vuelta veo que las paredes no están, que sólo hay columnas de hormigón que sostienen la casa, cerca de donde tendrían que estar ubicadas hay un montículo de tierra que rodea parcialmente la vivienda y de una altura aproximada de dos metros, casi no deja pasar la luz, y menos ver el paisaje que nos rodea, tan solo queda el hueco justo por donde se ha marchado el vehículo, no le doy más importancia que la de seguir teniendo paciencia hasta que finalicen las obras. Subo al piso de arriba para ver como siguen los progresos de construcción, ¡qué extraño! pero si todo está terminado y amueblado, no sé si he sido yo o quién, pero que buen gusto en la decoración, salgo a la terraza para poder disfrutar de las buenas y privilegiadas vistas de las que dispone la casa, lo primero que observó es el cielo azul y verdor de los bosques, el dorado de los campos y alguien tumbado al sol, ¿Quién será? Me acerco sigilosamente para no asustarlo y de paso ver de quien se trata, sorpresa la mía, se trata de una mujer que aunque desconocida hasta el momento espero que pronto no lo sea, tiene un cuerpo impresionante y un rostro bello, con un carraspeo reclamo su atención, levanta la mirada hacia mí y se levanta dejando a la vista su perfecto cuerpo desnudo, sin poder disimular ni un solo instante me encuentro escudriñando cada centímetro de su anatomía, no me doy cuenta de que tengo una erección que no pasará desapercibida para ella, se acerca a mí dispuesta a todo, es poca la distancia que nos separa y parece que no llegará nunca, tanto la deseo que me parece que estallaré al entrar en contacto con ella, la abrazo, la beso, noto su suave piel rozando la mía, ya no puedo aguantar más, necesito poseerla, algo me enturbia, se desvanece, ¡maldita sea! una vez más en lo mejor del sueño me despierto para ir a orinar.

El muñeco de nieve

Ese invierno estaba dando sus últimos coletazos, éste nos había dejado como despedida un manto de nieve, el cual tenía un grosor nada habitual en estos aledaños, tanto que nos obstaculizó para poder asistir a nuestros puestos de trabajo, ya que era totalmente imposible circular por las calles con ningún medio de transporte y a duras penas se podía transitar por las aceras, por lo que decidí quedarme en casa disfrutando del paisaje bien calentito. Pero como todas las cosas que pasan tienen su lado positivo, niños y jóvenes hallaron en la espesura blanca un sinfín de oportunidades para entregarse al juego disfrutando y riendo sin parar, ni la humedad penetrante del frío gélido parecía hacer mella en sus fuerzas, eran como si estuvieran hechizados por la deslumbrante blancura. Yo en cambio me conformé con observarles desde detrás de la ventana, tan cerca de los cristales que los empañé con el vaho de la envidia, esa que me entró al no poder compartir sus juegos, porque sentía que habían pasado los años por mí dejando la juventud atrás, en el olvido, al igual que quedó la nieve al fundirse, desapareciendo sin dejar rastro, pero todo esto no fue impedimento para que pudiera disfrutar viéndolos hacer el muñeco de nieve en la plaza, en poco tiempo lo habían terminado y se les veía muy felices jugando con él, Este parecía ser diferente a los demás que yo he visto hasta el momento, era como si estuviera dotado de vida propia, parecía mágico, capaz de jugar y hacer reír a todos los niños que le rodeaban, no tenía brazos y en cambio parecía que poseyera mil, tenía dos ojos que se multiplican para vigilarlos y que no les pasara nada en gratitud hacia a ellos. Estaba oscureciendo y los niños se estaban marchando, quedando el muñeco solo en la noche y velando por sus sueños.

A la mañana siguiente después de levantarme me dirigí a la

ventana, al ver que no había nadie en la plaza decidí salir a visitar al muñeco y poder verlo de cerca, según me iba acercando percibí como si alguien me estuviera vigilando, pero era imposible, a esas horas de la madrugada no había nadie por la calle y menos con el frío que hacía, observé las ventanas que dan a la plaza y estaban todas cerradas, estaría influenciado por el silencio reinante por el cual me estaba dando esa sensación. Al llegar a él lo miré con detenimiento, no vi nada que pudiera empujar a reír y jugar a los niños con tanto fervor, al contrario, estaba sintiendo esos dos botones mirarme con desprecio, diría más con odio hacia mí, parecían no perderme de vista mientras lo rodeaba, era abrumadora la sensación. Su boca lejos de provocarme una leve sonrisa me daba escalofríos, ese peine que le habían colocado por boca era igual que unos dientes afilados, me daban ganas de salir corriendo antes que me engullera, lo único que se puede decir que me esbozó una leve sonrisa fue la nariz, que era una bombilla vieja. Regrese a casa y por la tarde volví a mirar por la ventana para ver como los niños jugaban con él.

Al tercer día de la nevada ya había menguado un poco el frío e invitaba a salir a la calle para dar un paseo y disfrutar del lienzo blanco, pero recordé la mirada del maldito muñeco que me amedrento el día antes, por lo que al pasar por la ventana lo miré de reojo, que raro, me pareció verlo más grande, salí para comprobarlo de cerca y efectivamente así fue, no era más alto pero si más corpulento, los niños en la tarde anterior debieron moldearlo de nuevo engordándolo. Por la tarde volví a verlos a través de la ventana, seguían jugando con él pero esta vez eran menos.

El cuarto día amaneció espléndido, con un sol resplandeciente, calentaba rápidamente el ambiente, tanto que fundía la nieve empezando a dejar las calles limpias, sólo parecía resistirse el dichoso muñeco que aún había engordado más. Esa tarde los niños no vinieron a jugar con él, era lógico había empezado a mejorar notablemente el tiempo invitándolos a otro tipo de juegos.

Quinto día, ya con las calles limpias de nieve había llegado la hora de regresar a la vida cotidiana y al trabajo. Al pasar por la plaza la última evidencia de la nevada era el dichoso muñeco presumiendo de una enorme panza, cuando regresé por la noche aún seguía allí, sentía que me seguía observando con esa mirada maligna.

A la mañana siguiente había desaparecido, me acerqué a la plaza y ya no había ni rastro de que hubiera estado allí. Era muy raro que justamente se deshiciera en la noche cuando las temperaturas son más bajas, pero fue así, y yo estuve muy alegre de que así fuera por lo menos hasta de que me enteré de que habían desaparecido varios niños en esos días. ¿Coincidencia?

La trama

Lo ocurrido ayer tuvo que gestarse hará unos dos años atrás, o al menos es la conclusión lógica a la que hemos llegado, y más teniendo en cuenta del corto periodo de tiempo que llevamos investigando el caso. Ayer aproximadamente en el mismo instante se cometieron los múltiples asesinatos en diferentes ciudades del país. Ninguno de los asesinos pudo ser apresado con vida, bien fueron abatidos por las fuerzas de seguridad o porque ellos se quitaron la vida.

Las identidades de los autores por el momento siguen siendo un misterio, aunque se puede llegar a la conclusión después de examinar sus rasgos que son sicarios contratados en otros países.

Todos ellos actuaron al mismo tiempo, esto demuestra que estaba todo muy bien orquestado, y que era tal la sencillez con la que debían cumplir sus respectivos encargos, que resultaba imposible que fallaran sus objetivos, todos ellos dispararon directamente a la cabeza de las víctimas, es evidente que lo hicieron por si éstas llevaban chalecos antibala.

Quienes sean que han diseñado el plan tenían muy claro que había que hacerlo ahora, aprovechando que son elecciones generales y que todos los políticos están plenamente sumergidos en la campaña, era claramente el momento idóneo para llevar a término su propósito. En estas fechas cercanas al día de las votaciones es cuando son más vulnerables, antes de entrar a los mítines es tal el afán que tienen por ganar que dejándose llevar por la euforia se aproximan a las vallas que les separa del público, en ese preciso instante en que se acercan a dar la mano y ofrecer su mejor sonrisa a la gente es cuando se produjeron los hechos, les dispararon causándoles la muerte instantánea. Entre el público se han encontrado varias víctimas a causa de los disparos de los agentes de seguridad, estas se pueden considerar los daños colaterales.

Esto ha llevado que al poco de suceder el ejército tomara las calles para controlar lo que temían que fuera una revuelta planeada por el pueblo y terminaron por imponer el toque de queda, pero pasó todo lo contrario de lo que esperaban, las horas siguientes han sido de calma tensa, por lo que han despistado tanto a las fuerzas de seguridad como al ejército.

La clase política ha quedado mermada seriamente en los miembros principales de los partidos, así como los restantes han quedado con una profunda sensación de miedo que les hace dudar de su continuidad. Ha dado igual a la doctrina que pertenecieran, todos han sufrido víctimas en sus filas. Sólo hay una constante en todos los fallecidos y es que en un momento u otro han estado acusados de fraude, malversación o apropiación de caudales públicos. Esta circunstancia en concreto incrimina directamente a una organización constituida por las víctimas de estos señores o bien a un grupo terrorista de nuestro país, ¿Pero cuál? Nadie lo ha reivindicado, nadie, ni ninguna de las bandas terroristas que hay dispersas por el mundo, y menos las principales organizaciones mafiosas, todos están en un silencio sepulcral.

En este momento terminó de enviar las fotografías de los autores a todos los países que hemos pensado que nos pudieran aportar algún dato. En los próximos días iremos montando con los datos que vayamos recibiendo los eslabones que formarán la cadena final de los hechos. Mientras tanto tendremos que soportar la fuerte presión que ejercen las altas esferas, así como las que despliegan los países con altos intereses comerciales en el nuestro, todos insisten en una pronta resolución del caso, sobre todo antes de que pueda estallar una guerra civil. Tendremos que esforzarnos al máximo si no queremos que terminen siendo como siempre las víctimas los ciudadanos.

Ya han empezado a llegar los datos que nos permiten poner nombre y apellidos a los rostros de los asesinos. Cada ficha recibida contiene una pequeña biografía de cada uno de estos personajes, todos coinciden en que pertenecen a barrios marginales y con familias numerosas a su cargo, son el tipo de personas ideales para contratarlas para estos trabajos, la desesperación los hace ser muy vulnerables y no les importa morir o matar ya que sus vidas son una constante agonía.

A todos los países que están colaborando con nosotros enviándonos la información que tienen disponible, la cual les habíamos solicitado anteriormente, se les ha mandado un comunicado de agradecimiento, y en la misma misiva se les ha solicitado que por favor investiguen a los familiares por si se aprecia un cambio notorio en su economía, en el caso de que así fuera que siguieran el rastro que les pudiera conducir a quien los había contratado.

Mientras tanto seguíamos recibiendo información que no nos permitía avanzar en ninguna dirección en concreto, por ese motivo decidimos aprovechar este valioso tiempo en analizar los planos de donde tuvieron lugar los crímenes. Las primeras conclusiones a las que llegamos después de la reconstrucción de los hechos, fue que aunque conocieran el recorrido y la manera de comportarse los políticos, a estos les era imposible que supieran precisamente el lugar exacto al que se acercarían al público, por lo tanto lo lógico era que tuvieran sicarios situados a ambos lados del trayecto final, este motivo es el que nos hace deducir que aparte del número de asesinos que ya conocíamos tuviera que haber más entre la gente, el total que había de ellos lo desconocemos, por lo que estamos de suerte en que las fronteras y los aeropuertos estén cerrados, esto nos incita a que iniciemos una nueva vía de investigación en busca de estos nuevos personajes fantasma, lo que todos lamentamos es no habernos dado cuenta antes.

Empezamos el tercer día sabiendo todas las identidades de

los sicarios, por el contrario desconocemos quien los contrató y porque motivos.

La nueva vía abierta de investigación no ha tardado en dar sus frutos, aunque estos son desalentadores, parecen llevarnos a otro callejón sin salida. Ya se han encontrado casi la misma cantidad de individuos y con características semblantes a las anteriores, pero había una diferencia notoria, estos los hallaron ejecutados con un disparo en la nuca, por lo que se inició una búsqueda inmediata de quien o quienes habían sido los verdugos.

Otra vez he tenido que enviar las fotografías nuevas para averiguar quién eran estas personas, a todas ellas las encontraron sin documentación alguna que les pudiera identificar, era obvio que se las habían sustraído después de matarles. Ya nos suponemos que se repetirá la historia nuevamente y que no nos servirá de nada averiguar quiénes son ellos.

Al cuarto día sigue reinando la tranquilidad en las calles de nuestro país, a pesar de esto el ejército no las ha abandonado aún, pero todo empieza a regresar aproximadamente a la normalidad. Los políticos restantes ya han cogido las riendas de la nación y han condenado al unísono los asesinatos, otra cosa que han hecho es convocar elecciones para dentro de dos meses alegando que así se conseguirá la pronta recuperación de la normalidad.

Han llegado todos los datos identificando a los sicarios que nos faltaban por conocer, se cumplen exactamente las mismas características de los anteriores, pero esta vez todos los países nos han informado que sobre las investigaciones llevadas a cabo sobre quien les habría contratado, les ha sido imposible seguir pista alguna ya que ninguna de las familias involucradas había recibido dinero, esto fue por lo que habían sido totalmente infructuosas, la contratación de esas personas sucedió hará algo más de dos años atrás, fueron engañados con falsas promesas que ilusamente les llevaron a aceptar, por el contrario lo prometido nunca iba a ser cumplido, la gente que llevó las negociaciones es evidentemente que es muy profesional, este tipo de personas no deja evidencias tras de sí. Esto hace que se cierna sobre nosotros la sensación de impotencia por ni poder avanzar en el caso, por lo menos con la rapidez que se espera para un asunto de esta índole.

Ya han pasado seis meses de lo ocurrido en ese fatídico día, desde entonces la investigación no ha avanzado nada, todas las pistas nos han conducido a caminos dentro de un laberinto sin salida alguna. Ha sido y es frustrante para todos los que hemos intentado resolver el puzle sin tener éxito, pero no nos rendiremos y seguiremos con el caso.

Desde que finalizaron las elecciones con un nuevo gobierno radicalmente diferente a los habían existido anteriormente, llegado ese momento el ejército se retiró de las calles regresando así todo a la normalidad. Una normalidad que es totalmente nueva y desconocida, esta es el resultado evidente de lo que sucedió.

Cambiaron el modelo económico, la distribución de la riqueza igualando las clases sociales, mejoraron la sanidad y la enseñanza, y así un sinfín de cosas. Todo el sistema era totalmente nuevo, puede o mejor dicho era que el miedo a que les pudiera suceder de nuevo les cambiara la manera de pensar a los políticos, ahora se sentían vulnerables al igual que se había sentido antes así la ciudadanía.

Quizás nunca averigüemos quien movió los hilos que hicieron cambiar las cosas en el país, ni que razones les motivaron para llevarlo a término. Ni podremos afirmar si los políticos fallecidos fueron las víctimas o por el contario si terminaron ejecutados por los actos cometidos en perjuicio y contra el pueblo. En cuanto a sus verdugos asesinados, sólo se puede decir que la miseria es mala compañía para transitar por la vida.

Puede y tan sólo puede, que cuando estos hechos con el paso de los años terminen siendo historia, entonces llegará el momento en que aparezca en algún rincón olvidado la solución que revele todo el misterio.

Extinción

— Se están muriendo todos, es su extinción ¿No haremos nada para impedirlo?

— Nada.

— ¿Nada?

— No.

— Pues sí actuamos así seremos cómplices de genocidio.

— Al igual que lo hemos sido en otras ocasiones. Es la consecuencia de ser espectadores imparciales e impasibles, nos quedamos inmóviles viendo como suceden los acontecimientos, aunque esto signifique el fin de una especie, pero hay que tener en cuenta que el final de una es la supervivencia de otra, o de qué aparezca una de nueva.

— Pero esta muestra signos evidentes de inteligencia.

— ¿Por qué? Porque tienen la capacidad de utilizar herramientas o de construir cosas.

— No es tan sólo por eso, han evolucionado mucho, ahora tienen la capacidad de comunicarse entre ellos, de compartir pensamientos y razonar sobre estos.

— ¿Pensar? ¿Comunicarse? Si es así, me puedes explicar

cómo han llegado a esta situación tan extrema.

— No te lo sabría explicar.

— ¿No? Será por la gran cantidad de datos de que dispones que no sepas por dónde empezar, porque a lo largo de su historia no han parado de dejar evidencias de cuál sería su fin.

— Tienes razón, desde sus inicios han mostrado claramente que era una especie destructiva, tanto con su entorno, como con ellos mismos. Pero aún creo que tendríamos que intervenir, no son suficientes los motivos como para dejar que se exterminen.

— Lo que terminas de decir es un resumen benévolo de su paso por el planeta. Pero sigo opinando lo mismo.

— Dime ¿Qué argumentos me darías para que yo compartiera tu intención de no hacer nada por salvarles?

— Hay tantos, tantos, pero te mencionare algunos. Siempre se han comportado como una aberración de la naturaleza matándose entré ellos, son los únicos que lo hacen, y por sí esto no fuera suficiente, mientras ocurre este hecho, arrasan con todo a su alrededor. Son destructivos al igual que una plaga, y se han comportado siempre como tal. Se han multiplicado hasta el extremo de casi agotar los recursos existentes, sin importarles que otras especies desaparecían por causa de sus acciones. ¿Sigo?

— Sí, sigue.

— Tú me decías que piensan, razonan y que se comunican. No te lo negare, pero si lo hacen es movidos por la ambición, porque nunca tienen suficiente, esto les allevado a envenenar el ecosistema sin tener en cuenta las consecuencias. Para poder aumentar sus ventas más y más, tuvieron la brillante idea de crear la dependencia tanto de tecnología como de fármacos, estos últimos teniendo la certeza de que serían ineficaces, bien por evolucionar las ya existentes, como por el constante desarrollo de enfermedades nuevas. Esto es el motivo que les a llevado a esta situación, por pura ambición de unos y la desidia de otros.

— Lo que me estás diciendo es que se han suicidado.

— Sí ¿Y ahora qué piensas al respecto?

— Que será mejor no intervenir, así se podrán salvar las demás especies del planeta.

— Sólo cabe esperar que aparezca una nueva especie evolutiva con auténtica inteligencia, que esta no se deje llevar por instintos asesinos, ni por ninguna ambición que no sea la de vivir en paz y armonía con todo lo que le rodea.

— Comparto tus deseos.

— Te puedo afirmar que no estamos asistiendo a la extinción de una especie, si no a la cura y salvación de un planeta. Y que a todos los seres vivos sobrevivientes se les abre ante ellos un futuro esperanzador.

— Pues compartamos juntos la visión de un nuevo renacer.

El bosque oscuro

Traspasó el umbral de la puerta y al pisar la acera vio el día radiante que hacía, uno de eso días que después de una noche de fuerte viento te brinda un cielo azul intenso, el aire limpio, puro, fresco, y el sol que brilla con una alegría que te invita al paseo.

Sin pensárselo dos veces se dirigió hacia la esquina, al doblarla se encontró de repente dentro de la oscuridad. Al acostumbrarse a la penumbra pudo darse cuenta de que se hallaba en medio de un tupido bosque, este era muy extraño, tanto que daba miedo. Siguió andando por él sin rumbo definido, tenía que zigzaguear como las serpientes para poder avanzar, miró hacia arriba y vio que de tan compactas que eran las copas que casi no podía penetrar el sol, un hedor emanaba de las raíces, a veces era insoportable, tanto que parecía tener los sentidos embriagados.

Valiente seguía hacia adelante, parecía que no le importunaba nada, ni el extraño ruido que parecía venir de los árboles, y eso que era algo ensordecedor, puede que por este motivo se empezó a sentir desorientado, bien por esto, o por la oscuridad cernida sobre él que fue por lo que empezó a sentirse temeroso. Tanto le aumentó el miedo que se quedó inmóvil, se sentía como si a sus pies le hubieran salido raíces, y tan profundas que permanecería encadenado a la tierra hasta que llegaría el momento de que formaría parte de bosque.

Miraba hacia todos lados sin ver la escapatoria, se armó de valor y comenzó el regreso por el mismo sitio por el que había venido, o por lo menos es lo que esperaba él. La angustia que sentía era tal que parecía estar azotado por látigos de fuego que le instigaban a salir de allí. A lo lejos, o al menos eso le parecía, se vislumbraba la luz, por fin una salida, una esperanza de regreso al hogar. Llegó a la esquina y vio el portal del que había iniciado su periplo, corrió hacia él, a la salvación, su refugio. Cuan arribó le esperaba su dueño con síntomas de preocupación, le acogió entre sus brazos y él movía el rabo mostrando alegría. Cachorro y dueño se fundieron en un único latido de amor y amistad.

El jeroglífico

La historia empezó cuando se encontraron dos amigos por la calle, uno de ellos iba a buscar un cuadro recién adquirido y el otro se ofreció para ayudarle. No era por lo que pudiera pesar, sino por la envergadura del cuadro que dificultaba tanto su transporte como la de su colocación. Una vez en casa y después de tenerlo colgado en la pared, uno de ellos se queda observando detenidamente la obra y al rato de darle muchas vueltas a la mente, le pregunta a su compañero que le ha influenciado para comprarlo, pues él no comprende en absoluto el significado o la interpretación que ha intentado plasmar el artista.

El compañero serio le respondió que él tampoco lo entendía, pero que hubo dos cosas que le llamaron la atención para decidirse a su compra, una era que parecía un jeroglífico sacado de una página del periódico y la otra por un comentario del vendedor. Su compañero intrigado a más no poder, inmediatamente le preguntó por lo que le habían dicho. Le explicó lo que parecía un cuento para adolescentes.

— Me dijo que si resolvía el enigma oculto en el cuadro, resolvería mi vida.

Su amigo se echó a reír inmediatamente después de escucharlo, en cuando pudo hablar le respondió que ese era el mejor gancho publicitario que había oído jamás.

Pasaron unos cuantos días y se volvieron a reunir para celebrar una fiesta, esta vez estaban los seis amigos juntos, todos ellos estaban contemplando el cuadro, ninguno decía nada, solo lo observaban con detenimiento, hasta que uno expuso que para resolver el enigma en caso de que lo hubiera, que cada uno de ellos explicase lo que veía en él. El primero indicó que parecía ser un código de barras representando el suelo, salía en el margen izquierdo claramente un edificio, el cual parecía una identidad financiera o bien de una institución gubernamental.

Casi todos llegaron a la misma conclusión, menos uno que apuntó que él veía desde el centro hasta la derecha unas montañas con árboles a su ladera, y lo de la izquierda no lo tenía tan claro, pero sí que el suelo era evidentemente un código de barras. Ya cuando las líneas parecían estar adquiriendo vida propia ante sus ojos ondulándose igual que serpientes, uno preguntó si no les parecían demasiados números para un código de barras, el resto le respondió que en el próximo encuentro buscarían las respuestas necesarias para resolverlo.

A la semana siguiente se encontraron de nuevo dispuestos a hallar la solución, se pusieron a buscar por internet, unos mirando imágenes de edificios que pudieran corresponder a la del cuadro y otros que podrían significar esos números. Pasadas un par de horas encontraron una fotografía de la fachada de un Banco que era igual al dibujo del cuadro, se pusieron a investigar más y hallaron una noticia de hacía unos años atrás donde se explicaba un robo, en este se había sustraído del edificio una cantidad importante de oro, pero no se detallaba la cantidad exacta. Después de hablarlo un rato llegaron a la conclusión que no era un jeroglífico si no un mapa. Esto les despertó el espíritu aventurero, así como la codicia por encontrar el oro, siguieron buscado pero sin saber el que, pero uno de ellos reflexionando pensó que si el cuadro era un mapa, esos números tenían que ser las coordenadas de donde se hallaba el tesoro. Eufórico del hallazgo se lo comunicó a los demás, inmediatamente empezaron a buscar en el mapa donde se encontraba el punto exacto, una vez hallado iniciaron los preparativos necesarios para el viaje.

El punto de destino era al igual que en el cuadro la ladera de una montaña y rodeado por frondoso bosque, he ahí los árboles y el monte que intuyó en el dibujo. Se encontraron con un pequeño claro que correspondía al punto exacto, era de unos seis metros cuadrados aproximadamente y tan pronto como hubieron montado el campamento se dispusieron a iniciar la excavación. Pasaron unos días y el agujero excavado ya era más ancho y hondo de lo razonable, ya con las fuerzas melladas y los ánimos desvanecidos se dieron cuenta que tan sólo había sido un sueño, una ilusión depositada en un cuento bonito, un gancho publicitario, en definitiva el espejismo causado por el reflejo del oro.

Cuando llegaron al hogar lo primero que hicieron fue desprenderse del maldito cuadro, lo tiraron al lado de unos contenedores. Unos que al rato pasaron por allí se lo llevaron para su casa, al tenerlo colgado en la pared uno comentó, ese número es el nueve, y siguió explicando, si os fijáis el seis tiene un punto al igual que las bolas de los sorteos, eso es una distinción para diferenciar el seis del nueve, estos números siempre van marcados por su parte inferior. Después de un breve silencio su compañero le respondió, en un cuadro eso no tiene importancia alguna.

Pero sí la tenía.

¿O no?

Un día de reparaciones

Hacía días que lo tenía pensado, mientras que su esposa e hijo fueran a pasar el día en la playa, él aprovecharía para reparar diferentes cosas de la casa que hacía tiempo que tenía pendientes.

Después de ayudarlos a cargar el coche y de despedirse de ellos, entró en la casa dispuesto a trabajar en las reparaciones. Empezó por lo que más odiaba, la fontanería, tenía que cambiar todas las juntas de los grifos que goteaban, así como remplazar los tubos de goma de desagüe de la secadora y de la lavadora. Esto era una pesadilla para él, se le daba horrorosamente mal, no como en otro tipo de menesteres que parecía ser un profesional. Pasó toda la mañana para reparar sólo este primer trabajo, pero aún le quedaba arreglar un par de enchufes, cambiar alguna bombilla fundida y sustituir la cerradura de la puerta de entrada, la cual hacía tiempo daba problemas con las llaves, pero antes de proseguir tenía que comer para recuperar fuerzas. Ensució la cocina al igual que si hubiera cocinado para diez comensales, a continuación de comer y de limpiar el desaguisado, se puso a reparar los enchufes sin darse cuenta que tenía las manos húmedas, esto le propinó un pequeña descarga de corriente que le dejó la mano dormida, mientras esperaba que se le pasaran los efectos y para descasar un rato se tumbó en el sofá. Cuando ya empezaba a sentirse aliviado se cansancio y de los efectos en la mano producidos por la corriente, escuchó como alguien hurgaba en la cerradura intentando abrir la puerta, se levantó rápido e inquieto, cogió un bastón de los que se usa para las caminatas en el campo y se dispuso para ahuyentar al intruso.

Abrió la puerta de repente con el bastón izado dispuesto para golpear a quien fuera, pero se llevó una sorpresa al ver que era una pareja de ancianos, lo más lógico es que se hubieran confundido de casa. La pareja dio un paso atrás del susto, no comprendían nada y le miraban fijamente. El anciano después de observarlo detenidamente a él pronunció una sola palabra.

— ¡Padre!

La mujer de este le pregunto...

— ¿Estás seguro de ello?

— Sí —Le respondió rotundamente.

Él totalmente confundido por la situación no reaccionaba, ni sabía cómo tenía que afrontar los acontecimientos, cuando el anciano le dijo.

— Padre, si no me crees mira bien y veras que soy yo.

— ¡No! es imposible mi hijo tiene catorce años.

— Si no es así mira dentro de casa y dime que ves.

Él receloso miró hacia dentro y vio que todo había cambiado, esa parecía no ser su casa, ¿Qué estaba ocurriendo?

El anciano le pidió que les dejara entrar para poder explicárselo todo, él así lo hizo y una vez sentados en el sofá el matrimonio empezó a narrar los hechos, él al principio no prestaba mucha atención, estaba perturbado por todos los acontecimientos, pensaba ¿Cómo puede ser que este sea mi hijo y ella mi nuera? ¿Qué ha pasado con el mobiliario? ¿Y ese cuadro oscuro en la pared que representaba solo con el nombre del autor en plateado en la parte inferior?

Cuando por fin empezó a captar lo que le decían, entendió que ya hacía muchos años que él había desaparecido en extrañas circunstancias, que después de perder toda esperanza de nuevo lo dieron por muerto, y que ellos siguieron con sus vidas.

Ahora cuando más afloraba su curiosidad por lo que les había sucedido a ellos durante estos años en que él había estado ausente, les interrumpió el timbre de la puerta, se levantó dirigiéndose hacia allí, al abrir la puerta vio a su hijo rojo por el sol y a su mujer descargando el coche, habían regresado de la playa, ¿Entonces quiénes eran los que estaban sentados en el sofá? Se giró rápidamente y allí no había nadie, era más, todo seguía igual.

Al entrar su mujer le preguntó...

— ¿Cuándo piensas cambiar la cerradura? Es que las llaves ya no pueden abrir.

Paintball

Estoy nervioso por este nuevo desafío, no es que me sea desconocido, ya que he participado anteriormente, más bien lo estoy por el nuevo escenario en el que va a tener lugar la confrontación, éste no está situado en el campo como viene siendo típico, si no en una inmensa fábrica que dispone de unas edificaciones medio en ruinas. El interior de las naves es lúgubre, estas dan todas a un gran patio, donde si saliéramos a él, seríamos una blanco fácil. Ya estoy dispuesto a jugar o más bien a iniciar esta nueva aventura.

El lugar da miedo, y más teniendo en cuenta que a diferencia de jugar en el campo, que se hace por equipos, aquí se hace a modo individual, pero puede que lo que de más miedo aún es el no conocer a tus adversarios, ni el número total de ellos. Si tenemos en cuenta el escenario, más la angustia que provoca lo desconocido, obtenemos como resultado el de tener los sentidos agudizados al límite, así como que el más leve ruido me provoque un sobresalto.

Ando despacio y tan sigiloso como me permite mi torpeza, miro por las ventanas rotas de reojo, en los huecos de las escaleras, por grietas y agujeros en las paredes por si divisara a algún enemigo. Después de entrar en distintas salas sin hallar a nadie y sin haber escuchado nada aún de relevancia, empiezo a sentirme frustrado a la par que inquieto por creerme observado por ojos ocultos en la oscuridad. Cuando estoy a punto de descender al piso inferior de donde me encuentro, escucho bajo mis pies un disparo, uno sólo, esto significa que un contrincante ha sido eliminado de la contienda, uno menos por el que preocuparse, si bajo deprisa y silencioso tendré en mi punto de mira a uno para abatirlo.

Pero cuando llego veo a un jugador tirado en el suelo, si no es porque sé que las balas son de pintura diría que está muerto. Me acerco cauteloso y mirando hacia todos lados para que no me sorprendan a mí, no veo a nadie, se habrá ido muy rápido en busca de otra víctima. Ya estoy a su lado, le toco el hombro para decirle que se retire del terreno de juego, que no hace falta que se quede allí en el suelo cogiendo frío y humedad, no se mueve, lo zarandeo, sin respuesta, le doy la vuelta, está lleno de pintura roja, que susto parece sangre, la toco, mierda lo es!, está muerto de verdad.

¿Qué está pasando aquí?

El pánico se apodera de mí, tengo frío y me quema la sangre en las venas, no sé qué hacer, si me desplazo por el lugar puedo ser la próxima víctima, si no, ¿Qué hago? Esperar a que la muerte venga a buscarme, ¡no! me niego a que sea así, espero que el miedo en su bondad me coloque alas en los pies y que me otorgue el don del silencio, seguiré adelante pensando en sobrevivir.

Por el hueco de una puerta veo acercarse una sombra, me estiro en el suelo apuntando hacia allí, espero, escucho, pero solo consigo que el latir de mi corazón enturbie mis sentidos, lo veo, disparo, ha caído al suelo, no se mueve, me acerco, lo toco y está muerto, es evidente mi arma también está cargada de munición real. Tengo que moverme el ruido atraerá a otros aquí, me ocultaré cerca agazapado por si puedo abatir a otro y así alargar mis posibilidades de supervivencia.

Ha llegado la noche, estoy acurrucado en un rincón vigilando, el sitio es privilegiado para que no me sorprendan, pero no puedo dormirme, suerte que las múltiples carreras de las ratas me ayudan a conseguirlo, cada cierto tiempo el silencio es violado por un disparo, esto me hace pensar con egoísmo, uno menos, una nueva esperanza para salir con vida de aquí.

Está amaneciendo, me levanto para desentumecer los huesos y estirar los músculos, no escucho nada, bien pensado hace más de una hora que no escucho disparos, tendré que merodear en busca de la salida y averiguar que ha pasado por la noche. Según estoy pasando por las estancias voy viendo cadáveres, gritaría por si quedara alguien con vida y así poder pactar con él, ¿Pero y si me respondiera sólo para poder matarme? ¿Qué hago?

Lo mejor es callarme y seguir investigando, se repite una y otra vez el mismo panorama, sólo oigo mi respirar y veo el aliento de mi propio miedo. He llegado a una ventana de las que da al patio, desde ella puedo ver la puerta de salida, me ahogan las dudas, el pánico me corroe las tripas, el sentido común ha muerto junto con el primer disparo que he realizado, sólo que queda una cosa por hacer, una sola, y no es la de suicidarme, o tal vez lo sea pues pienso salir al descubierto, saldré al patio y me dirigiré hacia la puerta.

Estoy en él, no pasa nada, miro hacia el horizonte y veo...

Game Over

Efímera existencia

Inició su andadura por la vida con la edad de veinte años, se puede decir que nació, porque fue creado así.

Era el androide más avanzado hasta el momento, capacitado para aprender, para evolucionar constantemente, con unas rutinas integradas que le dotan de sentimientos con el fin de que se asemejara más a un humano. El propósito era que así pudiera apreciar todos los matices posibles que le ofrecía el poderse integrar con los hombres, que aprendiera del amplio abanico de sentimientos que influyen en la vida cotidiana, de la alegría, la tristeza, el amor, el miedo, etc. Las intenciones reales de sus creadores no han sido nunca claras, ¿Qué les motivó para hacerlo? ¿Qué querían investigar? ¿Querían acaso ser dioses creando vida sintética?

Fue el primero y el último dotado de estas características, desde el principio creó muchas controversias, unos afirmaban que era un ser único, otros que tan sólo era una máquina muy compleja imitando el comportamiento humano y que por esto parecía que poseyera sentimientos. Puede que todos tuvieran razón, pero la realidad es que le era muy difícil convivir con la gente, siempre fue y se sintió rechazado por ellos. Todos sentían desconfianza de que una máquina que mostraba sentimientos actuara igual que ellos, recelaban de que su comportamiento fuese tan real, por suerte nunca se convirtió en miedo lo que sentían hacía él, si hubiera llegado ese momento el pánico de la gente lo habría destruido.

Habían pasado sesenta años del día que lo activaron y la gente ya se había acostumbrado a él, eso propició que conociera una chica que lo apreciaba por quien era y no por lo que era. . Los dos compartían una amistad que se fue incrementando hasta llegar el punto que se convirtió en amor, aunque pareciera antinatural no lo era, al menos para ellos dos, él estaba capacitado para sentir y qué es el amor si no sentir, sentir alegría al estar junto a esa persona, emocionarte al verla, llorar por miedo a perderla, enloquecer de pasión al besarla, todo esto es lo que compone en su conjunto el amor, o lo que es lo mismo, que dos se quieran sin importarles nada más.

Pasó el tiempo y seguían unidos, puede que más enamorados aún, llevaban tres años conviviendo juntos, era inconcebible ver a uno sin el otro, la envidia de unos y la incomprensión de otros. A ellos les daba igual mientras pudieran compartir sus vidas sin tener que separarse, tampoco les importaba que el paso del tiempo hiciera mella en uno y en el otro no, una cosa que sí tuvieron en cuenta es que ella tenía una vida finita y que él tenía que estar preparado una vez llegado ese momento, pero como ella era joven tenían mucho tiempo por delante para que él se pudiera preparar psicológicamente para cuando llegara el fatídico día.

Al pasar unos meses él le pidió que le acompañara a donde lo habían creado, ella no se preocupó mucho pensando de que se trataba de una revisión rutinaria, una de las que se solía hacer anualmente. Pero en cuanto empezaron a revisarlo se dieron cuenta de que se trataba de algo grave, los datos mostraban que se sucedían una cantidad ingente de errores en cascada, si seguía así en pocos minutos se colapsaría su sistema provocando un fallo total. Lo extraño es que disponía de unos nano robots que lo reparaban inmediatamente, lo que en un principio se consideró que le proporcionaría una longeva existencia, aproximadamente unos quinientos años. Todo falló y no pudieron hacer nada, se colapsó, si hubiera sido humano diríamos que había fallecido, ella se puso a llorar desgarrada de tanto dolor por la reciente pérdida, se le quebró el corazón al ver morir a su amor, era desolador verla, imposible de consolarla, los creadores de él no podían comprenderlo, pero si sólo era una máquina. Puede que sí, que sólo fuera un androide, pero tenía sentimientos, lo que es seguro que tenía más que ellos.

Más adelante se descubrió que alguno de sus creadores había implantado un rutina en los nano robots que entre los sesenta y ochenta años causaría el fin de su existencia.

Reflejo de plata y sangre

Aquel día, nada más salir a la calle, me dijeron que hacía un momento habían encontrado un hombre muerto en las rocas del espigón, este separaba las dos playas que tiene el pueblo. En esos días yo vivía a unos cien metros de donde había tenido lugar la desgracia, sin pensármelo mucho, más bien nada, me acerqué para mirar, al llegar allí me encontré que ya había gente observando lo sucedido, estábamos todos de puntillas alargando el cuerpo y moviendo la cabeza para poder alcanzar a ver algo, pero no fue así, por suerte no vimos nada, ya que un poco más tarde no enteramos que lo encontraron con la cara incrustada en una roca.

Al anochecer me reuní con los amigos en la taberna, todos los presentes estaban hablando de lo que había pasado en el espigón. Unos afirmaban que les sería muy difícil, si no imposible, que pudieran averiguar la identidad del cuerpo. Otros mantenían la opinión, que con todos los golpes que había sufrido al chocar contra las rocas, complicaría, y mucho, el que pudieran llegar a la conclusión de si era un suicidio, un accidente o intencionado. Pasadas unas cervezas llegaron a una conclusión, que por el agua que contuvieran los pulmones sabrían lo que había sucedido. Todos parecían unos auténticos expertos en la materia, supongo que por estar influenciados de tantas series televisivas sobre la materia.

A la mañana siguiente apareció otro cadáver en el espigón, esta vez empotrado entre dos rocas, los cangrejos movidos por un hambre sobrenatural se habían comido el rostro y parte del cuerpo. Esta vez la gente ya no mostraba curiosidad, más bien en sus rostros se dibujaba la preocupación por lo que estaba sucediendo. Ya no se hablaba tan airosamente del caso, ahora el tono mostraba el respeto que se merecían los difuntos.

De noche, en la taberna, en boca de todos...

— Dos días, dos muertos.

Las cervezas entre silencios se calentaban, la gente estaba sumida en un trance.

Tercer día, tercer cadáver, este les resultó mucho más difícil de rescatar, apareció desmembrado entre las rocas, esa noche estuvo la mar muy alterada.

La gente hablaba flojito del tema, se reflejaba el miedo en sus caras, todos pensaban que había un psicópata suelto y que ellos podían ser los próximos.

Al anochecer en la taberna éramos pocos, era una clara influencia de lo que estaba pasando en el pueblo, las tertulias se habían convertido en meditaciones contemplado los vasos sostenidos en las manos. Al salir para regresar a sus casas, casi todos lo preferían hacer en compañía, lo hacían en silencio, escuchando sus propios pasos, sin mirar hacia atrás, les daba miedo su propia sombra, el latir fuerte del corazón les hostigaba a acelerar el paso.

Estos hechos persistieron diez días más, cada uno de estos días encontraron un hombre muerto en las rocas del espigón, en diferentes posiciones y estados, todos coincidían en que estaban irreconocibles, el pánico era tal que enclaustraba la gente en sus casas, de noche el pueblo parecía un cementerio, tan solo unos pocos circulaban por las calles, estos se movían rápidos al igual que almas perseguidas por el diablo.

Catorceavo día, en la taberna al anochecer, sólo estábamos el dueño y yo, los dos nos mirábamos como intentando averiguar quién de nosotros sería la próxima víctima, lo hacíamos en un sepulcral silencio, este se vio perturbado por la entrada de un anciano al local, después de pedir un café nos dijo que lo que sucedía era una maldición, sin esperar obtener una respuesta por parte nuestra empezó a explicarnos una historia.

Cuando era joven su padre se la contó a él. Todo empezó cuando una mujer con el corazón fracturado por el desamor, de noche se acercó a la playa, a la luz de la luna dibujó dos corazones entrecruzados en la arena, decían que los dibujó con sus lágrimas. Ella al escuchar las olas estallar en las rocas del espigón, las sentía como propias, como si los latidos de su corazón fueran los que se rompían una y otra vez contra estas, mientras contemplaba como la espuma de las olas se desvanecía entre los dedos de sus pies, puede que viera la espuma al igual que el amor de su amado, desapareciendo ante sus ojos. La mujer bella y de piel morena, con el amor herido de muerte, al ver que la luna llena le mostraba ante ella un camino plateado que tomar, empezó a andar por encima del reflejo de la luz en la mar, vio en este el sendero a la salvación, pero cuando estuvo adentrada el satélite se oscureció y el camino se volvió rojo sangre, desapareció en el mar y no se supo más de ella.

Inmediatamente después de oír al anciano y armarnos de valor, avisamos a unos compañeros para reunirnos en la playa. Esa noche era justamente luna llena y queríamos mirar de evitar una nueva muerte, o por lo menos averiguar que sucedía ahí. Estuvimos esperando hasta que cerca de la una de la madrugada sucedió una cosa que nos heló la sangre, en ese momento la luna se oscureció y su reflejo se volvió rojo sangre, perplejos ante la situación, sin poder reaccionar por el miedo, nos quedamos allí hasta que amaneció sin que pasara nada más. Nos fuimos a nuestras respectivas casas y por el camino no se escuchó ni el más leve susurro, transcurrió en completo silencio.

Por la tarde cuando nos reunimos en la taberna nos enteramos de que había aparecido en la playa una mujer muerta, nos miramos unos a los otros con cara de estupefacción, nadie de nosotros había visto nada, todo y que habíamos estado en el sitio que apareció, era un misterio que no sabíamos si queríamos resolver.

Todos estos sucesos pasaron entre la luna nueva y la llena, en total fueron catorce víctimas, de las cuales trece eran hombres y una era mujer, de ninguno de los cadáveres se pudo averiguar la identidad, se quedó todo en un gran misterio sin resolver. Tras unas tertulias en la taberna que tuvieron lugar en diferentes días, pudimos deducir que todo tenía relación con la historia que nos había contado el anciano. Tuvimos en cuenta que ese último día que estuvimos en la playa, desapareció en el pueblo una mujer, esta al parecer era descendiente directa del supuesto hombre del relato, el mismo que hizo que terminara con el suicidio de esa mujer por no sentirse correspondida en el amor.

Aún a día de hoy no hemos podido llegar a ponernos de acuerdo en que si la mujer que apareció en la playa muerta, era la que se suicidó por amor, o la desaparecida que era familia del hombre que sin saberlo provocó las desdichas. Lo que si podemos afirmar es que en esa noche terminó todo.

Una palabra

Fue una noche extraña, tenía el cuerpo agitado, sudaba y el corazón me palpitaba fuertemente. En la cabeza tenía el eco de una palabra, una sola, la escuchaba una y otra vez, era tan molesto que al final me levanté.

Por la ventana se veía el sol como brillaba, era un día espléndido y decidí salir a pasear ante tal invitación. Inicié la caminata aún con la dichosa palabra en mente, no se me iba, era molesto y preocupante.

Una palabra, un nombre, una de ciudad, Roma. ¿Tendría que ir? Y si fuera así, el por qué lo desconocía, pero de todas formas decidí ir a visitarla para poder desentrañar por qué me provocaba tal angustia. Era un misterio que tenía que resolver.

Antes de que me carcomiera la duda ya tenía los pies en el suelo de la ciudad, desconocía a donde ir, ni sabía lo que tenía que buscar, pero en fin estaba allí. Después de alojarme en una pensión elegida por mi bajo presupuesto, inicié el periplo por las calles estrechas del casco antiguo.

Paseaba sin rumbo preestablecido, miraba todos los rincones sin perderme detalle de la belleza que escondían sus fachadas. Era sorprendente ver como cobraba vida la historia en mi imaginación, oía el pisar en los adoquines de las legiones romanas, me perturbaba el sonido de metal de las espadas luchando, golpeando escudos y vertiendo sangre.

Escuchaba los gritos de la gente, el de los cascos de los caballos resbalando en la batalla, y entre tanto ruido el del susurro de la muerte nombrando sus nombres.

La bocina de un coche me devolvió a la realidad, una realidad incómoda por la situación de encontrarme perdido en un cruce de dudas, estas me desorientaban y alentaban a seguir el camino hacia un destino, uno que me corroía por desconocer en donde estaría situado.

Siguiendo la búsqueda por las callejuelas angostas desemboqué en una plaza, en esta encontré una fuente rodeada de gente tirando monedas, supuse que era por una de esas supersticiones de pedir un deseo y que este sería concedido por vete a saber qué, bueno sí que lo sé, porque con la moneda se paga, por si acaso yo hice lo propio y tiré una deseando que se resolviera el acertijo. Veía como descendía la moneda en el agua, ésta según se sumergía se difuminaba, y desapareció antes de posarse en el fondo junto a las otras. Mal presagio lo sucedido y más cuando me dijeron que significaba que yo no regresaría a la ciudad. Averigüé al regresar de que se trataba de la Fontana di Trevi y que tiraban monedas para así regresar, una tradición absurda pero romántica. Continué transitando por las calles llenas de encanto y de historia oculta en cada minúscula rendija, llegué a un lugar que me llamó mucho la atención, allí la gente introducía la mano en la boca de una escultura en la pared, pregunté y me informaron que se trataba de la Bocca della verità, en vista de lo que me había sucedido con la moneda no introduje la mano.

Pasaron los días sin hallar nada, el desánimo se apoderó de mí, hasta el punto de tomar la decisión de regresar a mi tierra, a mi hogar. Había hecho un viaje extraordinario pero sin disfrutarlo, era un recuerdo turbio en mi mente, como si fuera una pesadilla de la que despiertas de repente pero de la cual te olvidas al instante.

El radiante sol del amanecer me despertó, me levanté y al acercarme a la ventana uno de sus destellos me invitó a seguirle a la calle. Justo en el momento que estaba a punto de cruzar la entrada la vi, la encontré, lo entendí todo, era ella, mi amor, ahora mi mujer.

La sociedad

Salí a dar un paseo, uno de corto. Llegué a un parque que hacía poco habían inaugurado, impulsado por la curiosidad me dispuse a recorrerlo todo entero. El paseo se había convertido en uno de largo, empezaba a sentirme cansado, por lo que me decidí sentarme en un banco, no era muy cómodo, pero lo suficiente para descansar un rato y contemplar el comportamiento de la sociedad.

Pasados unos minutos de observación empecé a sacar mis propias conclusiones sobre el comportamiento de la sociedad, puede que para los demás sea una manera errática de verlo, pero para mí tiene su punto de lógica, aunque puede que no sea cierto o al menos cierto del todo.

Toda sociedad está compuesta por jerarquías. Están los individuos que dan la cara, estos son los visibles a los demás, y después está el que realmente manda, oculto en la sombra. Existen otros que se encargan del orden, son unas fuerzas policiales o militares cuya función es la de proteger al resto de individuos, lo que no tengo claro es de quien los protegen, si de agresiones externas o de ellos mismos, me refiero a las mismas fuerzas del orden.

Hay otros individuos, y estos son los más abundantes, la clase obrera, estos desde las primeras horas de la mañana los ves deambular en busca del sustento para los suyos, los ves de aquí para allá como si no tuvieran rumbo fijo, pero no es así, cada uno de ellos tiene muy asumido el rol que le toca realizar.

La sociedad, un aparente caos que se mueve frenéticamente, un continuo baile al compás de supervivencia, un ir y venir con el fin de poderse alimentar, movimientos maravillosamente erráticos según mi punto de vista, pero... supongo que es completamente normal tratándose de un hormiguero.

El Sol y la Luna

Puede que sólo fuera un sueño o producto de mi imaginación, tal vez un recuerdo de un cuento que me contaron en la niñez.

Desde tiempos inmemorables, mucho antes de que el hombre aprendiera a escribir, cuando sólo existía el pasar los conocimientos de modo verbal, ya tenían esta tradición.

Las personas al amanecer se sentaban a la orilla del mar y otras en la cima de la montaña. Todos querían ver salir el Sol de su escondite en la noche, este brotaba en el horizonte saliendo de la profundidad del mar. Con sus primeros rayos de luz, en el agua, se veía un camino brillante de esperanza, se levantaba el día y los pájaros le cantaban alabanzas. La gente con alegría regresaba a sus casas y comenzaba sus quehaceres.

El ritual se repetía al atardecer, unos sentados en la orilla del mar y otros en la cima de la montaña, así podían ver esconderse el Sol en el horizonte rojo de ira por no haber visto a su enamorada y plateada Luna.

La Luna le había prometido su amor, y que el día que se casaran, brillaría el cielo y las estrellas para bendecir su unión. Pero nunca podrá ser, pues la Tierra no permitirá tal cosa, ella sabe que son hermanos, y que no puede haber día sin noche, ni un amor más grande que el suyo hacia los dos. Por eso los separó para toda la eternidad, escondiéndolos el uno del otro. Esto hizo que por su gran amor se persiguieran creando el día y la noche, la luz y la oscuridad.

Al Sol le tocó el día, la luz y el cielo azul, su tarea calentar los corazones dándoles la vida, y a las flores pintándolas de todos los colores. A la Luna le tocó la noche bajo un manto de estrellas, con su cara plateada cuidaba de sueños y amores, daba resplandor a los amantes, despertaba pasiones y temores a la par, tanto ella como el Sol a nadie dejaban indiferentes.

Las personas en su ignorancia asociaban el día a la vida, por la luz y templanza, en cambio, a la noche, con su oscuridad, a la muerte y al mal, que agazapados acechaban las buenas almas. Pero si bien el día es vida, la noche es amor. La Luna, bajo su protección, en la oscuridad, se escuchan las serenatas, versos recitados con pasión, las parejas besándose bajo su pálida luz, y en las alcobas los amantes entregándose con fogosidad.

Pero la realidad era y es, que el Sol y la Luna se aman profundamente, ignorando los dos de que son hermanos. Por este motivo a lo que el hombre mal nombra eclipse de sol o de luna, es en la realidad, cuando por breves momentos se encuentran los dos, se cruzan las miradas de enamorados, se sonríen, se besan y sin mediar palabra se alejan esperando hallarse pronto. Este hecho, es justo la causa de que la gente en su total desconocimiento, se quede inmóvil observando el fenómeno, sin saber que está viendo un acto de puro amor.

El viaje

Siempre me ha gustado viajar en tren, mirar por la ventanilla y ver el paisaje, los pueblos, las ciudades, las gentes con su ir y venir, todo ese mundo mágico que se abre ante los ojos de un soñador con el traqueteo del transitar por las vías.

Hace un año que inauguraron una línea de ferrocarril que cruza el país de este a oeste o viceversa, en el mismo instante que cortaron la cinta empecé la tarea de ahorrar para realizar ese trayecto. Un sueño que mañana se verá cumplido.

He parado el despertador, diría que me ha despertado, pero no es cierto, ya lo estaba, no he podido dormir en toda la noche, estaba y sigo nervioso por el viaje, o mejor dicho, la ilusión es tal, que el sonido del reloj me recordaba al tren y miraba su esfera esperando ver el paisaje. Ya tengo la maleta preparada y estoy listo para partir, para iniciar una nueva aventura, para disfrutar plenamente de cada matiz que me ofrezca la experiencia de realizar este viaje.

Me encuentro parado en el andén, frente a la puerta del vagón. Pongo el pie en la escalerilla para subir. Maleta en mano subo, busco mi asiento, ubico el equipaje en la bandeja, me siento al lado de la ventanilla, en lo que a mi parecer es un trono, en ese momento pienso que el esfuerzo realizado valdrá la pena, que todo será una maravilla, y es más, es tal la ilusión que tengo que no percibo ni una mota de sueño.

Se cierran las puertas, mientras el tren inicia la marcha, por megafonía nos comunican las paradas del recorrido, la distancia y el tiempo que empleará en recorrerlo, así como que en todo momento estaremos informados de la temperatura y la velocidad a la que circulamos. Es emocionante empezar a ver pasar el paisaje ante mis ojos. De este viaje solo me inquieta un tramo que pasa por debajo de la montaña, este tiene un túnel que se tarda unos veinte minutos en cruzarlo, demasiada oscuridad, parecerá una eternidad, que aburrimiento, pero hasta que llegue a disfrutar de las vistas.

Han pasado tres horas desde que salimos de la estación, el sueño empieza a hacer mella en mis sentidos, y por si esto no fuera suficiente veo el túnel muy cerca. Penetramos en la oscuridad y los ojos se me cierran, no sé si podré aguantar tanto tiempo despierto, y menos aún sin poder ver nada que capte mi atención.

Veo luz, me molesta en los ojos, me escuecen un poco, esto es señal inequívoca que me he dormido en el túnel, vete a saber cuánto tiempo habré estado así. Espero no haberme perdido mucho del paisaje ya que esta parte del país la desconozco totalmente. La panorámica es desoladora, árida, vacía, diría que yerta, solo se ve piedra y arena hasta donde alcanza la vista, es como su hubieran ubicado un terreno lunar aquí. Hay que indicar que la vista es cautivadora, tiene su encanto, se podría decir que tiene una belleza silenciosa. Pero me surge una pregunta al ver esta desolación ¿Aquí puede habitar alguien? Tendré que averigualo en cuanto pueda.

Se está deteniendo el tren, que raro, no recuerdo que informaran de que hubiera una parada aquí. Al otro lado veo el andén, no hay nadie, se ha parado por completo, sigo sin ver alma alguna. La estación es vieja, de aspecto descuidado, hace la impresión de estar abandonada sin estarlo, veo bajar a pasajeros cargados con las maletas, están entrando en el edificio, espero que su interior sea más acogedor. Inicia la marcha el tren, partimos de nuevo, sin poder evitarlo miro hacia atrás, quiero ver a donde se dirige esa gente, nos alejamos y de la estación no sale nadie, aun la puedo ver, pero sigo sin ver un alma.

Ya estamos muy lejos de esa parada situada… digamos en el

desierto, ahora ha empezado a cambiar el paisaje drásticamente, este es de infinitos tonos verdes, está formado de árboles, arbustos y matorrales espinosos principalmente. Parece imposible un cambio tan drástico dentro de una misma región, pero es así, es impresionante la naturaleza y su majestuosidad camaleónica para cautivarnos la atención. Aquí por lo menos si se ve a gente, esta se está abriendo paso en la maleza para poder avanzar en su camino, la dirección parece ser la misma que la del tren. Según avanzamos cada vez veo a más y más personas, aunque ahora entreveo algunas de ellas que regresan por el paso que habían abierto, será por la dificultad que tiene para avanzar. Si no hubiera a ambos lados de la vía una alambrada electrificada, les sería más fácil su camino, eso corriendo un extremo peligro. Veo que aquí también paramos, se bajan algunas personas, al cruzar la puerta desaparecen detrás del cristal oscuro, esta debe ser solo de entrada ya que no veo salir a nadie, o simplemente no tiene que subir nadie al tren aquí. Vamos progresando en nuestro trayecto y cada vez veo a menos gente abriéndose paso entre los arbustos. ¿Cuál será su destino que les empuja a seguir? Tal vez nunca lo sepa.

De repente el paisaje se hecho más placentero, infunda calma, sosiego, alegría, un bienestar que no sabría cómo explicar. Es un valle que llega al horizonte, como un manto verde salpicado de variopintas flores de todos los colores, es precioso, cálido, familiar sin serlo. Una luz de atardecer en primavera lo ilumina todo, es sublime, me gustaría algún día pasar un tiempo visitando el lugar.

Otra vez se está deteniendo el tren, otra parada de la que no nos han informado. Desde aquí veo la estación, hay gente esperando, bueno por lo menos esta será más distraída que la anterior. Nos hemos detenido del todo, por la ventanilla me parece ver a alguien conocido, pero desde aquí no lo veo bien, me acercaré para poder ver de quien se trata, he llegado a su ubicación, estoy en la puerta, ahora puedo ver quiénes son, no puede ser, es imposible, son mis padres, sin poder remediarlo bajo para acercarme a ellos, si son ellos, nos abrazamos sin mediar palabra, nos miramos a los ojos, todo es gozo y alegría. Este es el final de mi viaje me quedo con ellos. Pero... ¿Cómo puede ser si hace años que están muertos? Que importa si al fin estoy nuevamente con ellos.

Blanco y negro

Estaba sujeto a la barra, cuando al iniciar la marcha el autobús, un hombre, supongo que influenciado por mis pelos blancos me cedió su asiento. Esta persona no parecía mucho más joven que yo, pero con su actitud, al actuar así, demostraba muy buenos modales. Su gesto de amabilidad me facilitó que me sentara al lado de la ventana, un sitio privilegiado para observar el mundo al pasar. Al parar el autobús en paralelo a la terraza de una cafetería, me brindó la oportunidad de fijarme en la cantidad de gustos diferentes que convergen en un mismo lugar y al mismo tiempo, unos bebían refrescante cerveza, agua de litines, bolados, vermut, mientras que otros bebían cálidos y humeantes cafés, sin poder mencionar más porque continuó la marcha el autobús. Circulando por calles y avenidas, compartiendo el espacio del recorrido con coches y los últimos carros tirados por espléndidos caballos, uno, mientras tanto, ve a través de la ventana las gentes engalanadas. Ellos con boinas y sombreros, combinándolos con trajes variopintos, sin olvidar los chalecos y corbatas a juego. Ellas, ellas sombreros y vestidos largos hasta el tobillo, algunas de riguroso negro, evidenciando el luto mostrando su respeto hacia el ser fallecido. Una de las cosas que me encandila son los escaparates repletos del colorido de los productos, al igual que las fachadas con sus balcones adornados con las flores más vistosas.

En fin, la próxima es mi parada, tocaré el timbre no sea que se la pase, imposible, pero por si acaso lo haré. Solo bajarme, estando de pie al lado de la parada, tengo la sensación de un déjà vu, el trayecto me ha parecido estar viviéndolo en blanco y negro. Me preguntan qué número les dejará más cerca de... suena el móvil… todo es de color… perdonen, tengo que contestar.

Les dejo mirando el mapa con el colorido que indican las diferentes líneas autobús y metro.

Un día a caballo

Me invitaron a subir, hacía años que no lo hacía, muchos años, pero era tal la insistencia que al final decidí aceptar.

Monté en el caballo y sentí una leve sensación de vértigo, la cual esperaba no se agravara con el movimiento.

Al iniciar la marcha la sensación fue desapareciendo y asomando una de nueva, fui albergando un sentimiento de euforia, de poderío, de estar por encima del simple peatón, pero pronto se desvaneció al ver las sonrisas en los rostros de la gente, era un claro síntoma de envidia, u otra posibilidad, se estaban burlando de mí por lo mal que montaba, ellos desconocían que hacía mucho tiempo de la última vez que lo hice, tanto, que casi ni lo recordaba.

Estas personas a pesar de su maléfica expresión facial, me saludaban con la mano al pasar, yo cortésmente les devolvía el saludo, pero, por un no sé por qué, me hacían sentir vergüenza.

Al pasar el rato se desvaneció toda sensación adversa, pasó todo a ser alegría, puede que influenciado por la música y por el jolgorio de la gente.

Era realmente una fiesta, y yo, montado en el caballo, su Rey.

Pasando cerca del populacho les iba saludando, a cambio recibía de ellos su alegría y devoción. Al transitar frente a ellos me mostraban sus respetos devolviéndome el saludo, manifestaban un ruidoso regocijo al verme.

Otros caballos con sus respectivas monturas me seguían,

evidentemente era mi séquito.

Llegamos todos juntos al final del recorrido, me apeé del caballo y todo seguido me baje del tiovivo.

Escuchando

Estaba esperando para cruzar la calle junto a otras personas a las cuales no les prestaba ninguna atención. Mientras esperábamos empezó a desfilar una comitiva fúnebre, el cortejo seguía al vehículo que transportaba al difunto, al pasar este desencadenó una serie de gestos relacionados con las supersticiones. Unos se santiguaban y otros tocaban objetos varios, madera, crucifijos, etc.

Muchos de ellos hablaban haciendo referencia al difunto, todos empleaban frases tópicas para este tipo de circunstancias. A mi lado tenía dos hombres de avanzada edad, uno de ellos inició la conversación con una frase muy clásica, pero lo que reclamo mi atención fue la respuesta y todo lo que se mencionó después. Intentaré transcribir la conversación si la memoria no me traiciona. Hay que tener en cuenta que ensimismado les seguí de cerca, parecía su escolta acompañándolos en su paseo, incluso me senté con ellos, y no lo hice para descansar obviamente, si no para no perder palabra de la fascinante lucha de creencias.

— Sólo tenía nueve años, que lástima, tan joven.

— ¿Tan joven?

— ¿Qué?

— Su cuerpo era joven, pero a lo que llamáis alma, no.

— ¿Cómo? ¿Es que no crees? Explícate.

— Tranquilo, te cuento. Todos los seres vivos son energía,

estos cuando terminan su ciclo de vida simplemente pasan a buscar otro anfitrión para comenzar de nuevo.

— No comprendo nada. Cuando dices seres vivos, ¿A qué te refieres, al ser humano?

— No, quiero decir todos, plantas, animales, árboles, peces, aves, personas, todos los seres vivos.

— Con esto estás diciendo que son iguales: el alma de una persona, la de una lombriz, la de un virus o una col. Pues no es así, la personas somos las únicas que tenemos alma, sentimientos, la capacidad de aprender, la de razonar, la de crear y un sinfín más de cosas. Y te diré más, las personas según sus actos en vida irán al cielo o al infierno. En definitiva, el alma perdura para siempre.

— Te lo explicaré, pero aunque sientas el impulso de hacerlo, no me interrumpas, espera a que termine ¿De acuerdo?

— Sí, te escucho.

— Bien, empiezo. La Tierra, cuando se enfrió, toda esa energía no desapareció, si no que fue la que creó la vida. No la que conocemos ahora, una que aún tenía que aprender a sobrevivir, a evolucionar, así hasta nuestros días. Muchas desaparecieron por el camino, pero su energía sirvió para que aparecieran otras de nuevas. Actualmente sigue pasando igual, unas se extinguen o las extinguimos, pero siguen apareciendo de nuevas o bien otras aumentan de número. Con esto quiero decir que la cantidad de energía siempre es la misma, ni más, ni menos, la misma, todos somos una ínfima parte de ella, plantas, animales, insectos, todos. Pero hay que tener en cuenta, que cuando una vida finaliza, no necesariamente la energía pasa a un ser igual, para que me comprendas, si muere un hombre su energía no tiene por qué pasar a otro hombre, si no que puede pasar a una mariposa, una flor o cualquier ser vivo. Este es el motivo por el que creo que no existe el alma. Dime ¿Qué sentido tendría que un árbol recordara la vida de una persona o al revés? Ninguno, por eso no tiene sentido el alma, al menos que no sea para darle un sentido espiritual o religioso. Pero bueno, lo que interesa es que mientras siga vivo el planeta nosotros también lo estaremos, el día que muera toda esta energía servirá para expandir el universo.

— Me parece todo un cuento muy bonito, pero dime ¿Cómo es que hay personas que recuerdan vidas anteriores? Si no fuera por el alma sería imposible.

— Te equivocas, estos falsos recuerdos no existen, son un producto del inconsciente, estos están influenciados por lecturas, películas o bien por otros estímulos recibidos durante la vida. Lo único real, es la información almacenada durante siglos en el ADN, esta ha sido recopilada inconscientemente por nuestros ancestros para seguir evolucionando, al igual que todos los seres vivos que pueblan este planeta han hecho lo mismo.

— En fin, que no crees ni en el alma ni en Dios. Lo mismo me pasa con lo que me has contado, que no me lo creo, me parece un cuento.

— De la energía y la evolución tengo evidencias, de Dios y el alma no.

Como se dice popularmente, cada loco con su tema.

Lo que termino de escribir y usted de leer ya es pasado.